宋朝尤物

吴长缨 著

九州出版社
JIUZHOUPRESS

图书在版编目（CIP）数据

宋朝尤物 / 吴长缨著. -- 北京 : 九州出版社,
2012.8
ISBN 978-7-5108-1618-5

Ⅰ. ①宋… Ⅱ. ①吴… Ⅲ. ①长篇小说－中国－当代
Ⅳ. ①I247.5

中国版本图书馆CIP数据核字(2012)第183530号

宋朝尤物

作　　者　吴长缨 著
出版发行　九州出版社
出 版 人　徐尚定
地　　址　北京市西城区阜外大街甲35号(100037)
发行电话　(010)68992190/2/3/5/6
网　　址　www.jiuzhoupress.com
电子信箱　jiuzhou@jiuzhoupress.com
印　　刷　二河市东方印刷有限公司
开　　本　880毫米×1230毫米　32开
印　　张　6.25
字　　数　153千字
版　　次　2012年8月第1版
印　　次　2012年8月第1次印刷
书　　号　ISBN 978-7-5108-1618-5
定　　价　25.00元

目录

第一章　引子

我发现枣红色的乌鸦匍匐在河流最下面

数不清的河流在倾诉

1

也许，当你看到以下故事的时候，我早已不在人世，埋葬在多伦多某片长有大树的荒郊野外。也许，我说的一切都是一个年老之人大脑异变以后的幻觉。有人会说，你整个对中国的回忆都是幻觉，那些故事从来没有发生过。而且，中国江苏，确实也找不到一个叫过宿城的地方。那就让我来讲讲这个从来没有发生却发生了的故事吧。

已经很多天没上网了。一个老人学会了上网是受孽更是享受。那天，我在网上搜索“百村”，出现有三条结果。有两条是没有意义的。一条出现在旅居德国的华人女小说家艾子《民国的子弹们》的网上连载中，里面有这么一句，说：“吴庆生离开百村后，自以为成了一个往事，然后下落不明。”然后我就搜索艾子。我试了很多搜索引擎，却一条结果也没有。等我再回过头，重新搜索百村的时候，却发现那三条也不见了。于是，在我的脑子里，往事像海浪一样波澜起伏，中国，那个遥远的月亮一闪一闪的，年老的导航灯似的。

记忆中，我正是那个江苏百村人。20 世纪 40 年代，我的名字就叫吴庆生，后来成了解放战士后，改名吴念蔡。百村其实离宿城只有一千来米。那一千来米间是一条大河。大河的名字叫黑河。当然，黑河平时一点不黑，最后会流进京杭大运河。但在月圆之夜，黑河会真的很黑很黑。

当年，我的大表哥牛来总在那上面放鱼鹰捉鱼。天气好的时候，总有几个打扮花枝招展的女人就坐在城墙上看。她们还总打着红纸伞，据说都来自宿城的有钱人家。牛来是我几个表哥中长得最好的。宿城的蔡老师甚至用沉鱼落雁形容过他。也有过宿城的戏班里的班主，说要找他去学戏，还给家里送来了一包银元。我的二表哥六马就拿去其中的一枚，鼓着小脸吹。他能吹出很嘹亮的嗡嗡声。我也拿了一枚，但我就是把腮帮子吹肿了，也不能吹响。

牛来没有去放鱼鹰后，家里本来决定要六马去放，因为那些鱼鹰也认识他。但他死活不去。我知道六马的理想，他最想去宿城学唱戏，或者去宿城最显赫的富人陈金平家做工。因为六马说，他看见过陈金平的大女儿陈艳芳，那个女孩比我们家所有的男人都高，穿旗袍的时候太诱人，是全宿城甚至全世界最漂亮的女人。后来他去了宿城读中学，恰好和陈艳芳成为同年级同学。

我很小的时候就察觉，六马的人生理想就是去和有钱人、漂亮女人混在一起。拿现在的人的话，就是和成功的人在一起才能快乐乃至成功。为此，我在家里传统的练武大会的休息时刻，嘲笑过他，是富人的壳穷人的运，再早出生几年，可以去做太监接近皇后贵妃们。六马笑着甩手给了我一巴掌。

大表哥牛来，本来是去上海投奔我的另一个亲戚大姨夫的。那个姨夫是我家族当时最成功的人，在上海开纺织厂。他还是中国第一代留洋生。但后来的故事是，牛来，在上海遇见了贵人，就不再做工了。他失去消息的那段时间，红军刚刚转战江西，报纸上写着“清剿红匪”的日子已经为期不远。来自东北的，日本人的枪声也越来越近。谁也不知道牛来是怎么去当的红军。他在那个时刻的这个选择真是太奇怪了。有一种说法是他在上海的时候，得罪了国民革命军里的一个师长，他睡了人家的三姨太。还有一种说法是，他在上海就帮着红军送情报，爱上了一个又漂亮又有心机好手段的有名的女共产党员，就追随她干革命去了。

其实，在家族的练武大会上，我和六马合手也曾经击倒过大表哥牛来。他长得实在太清秀了。我觉得刮阵大风，就可以吹倒他。我扑向他的时候，那股风，真像后来“文革”时候红卫兵们扑倒他的那股风。

2

我都不记得我今年到底多少岁。最近，我总是在做一个找枪的梦。我记得这些梦都是从同一个场景开始。那就是一个穿着碎花衣服的女人，站在老家门口的槐树下，对我轻轻地说日本人来了。然后，她还亲了我一下，弄得我忍不住想去摸她。

我就去家里后院里的谷仓找枪。我在谷仓里，看见了六马和我另一个远房表妹红红抱在了一起。红红是我表妹，也是六马的表妹。她是城里女人，比我们读的书多。那段时间，她在东北的老家被日本人占领了，所以她来到了我们乡下。在梦里，我看见了她的绸内衣，翻卷起来，是雪白雪白的，白得让我难过。以前，印象中她是全家最端庄的女人，就是坐在马桶上拉屎，也是一本正经的样子。

前几天，我的干儿子老贯来家里看我，对我说，他刚办好了猎枪证，说要带我去看他打猎。那天晚上，我又做了那个寻枪的梦。不过，梦见的是我和红红在谷仓里翻滚。我把她压在下面，叫她告诉我，枪到底放在了那里了，日本人就要来了。

我给老贯说我的梦。我还说，我都不记得谁是他爹妈了。其实，我知道，他名义上是赵家小少爷赵群的儿子。但老贯自己一直怀疑他有我的血缘，是我的亲生儿子。老贯好久没提要送我进老人院的事了。以前他发现我居然还能生活自理，总是一种很同情的样子，其实，他自己也可以进老人院了。他老婆去年刚死。表面上，老贯和我没什么相同的遗传密码。他在多伦多就好开个好车，一老头也要开个大奔驰。这点像我。小时候，我也总是全家里最讲究穿戴的孩子，就是那次去我宿城大舅家看戏，我还为没找到合适的衣服而哭了鼻子。当后来，我用枪打当汉奸市长的大舅，他的血像雪花一样飘到了我的衣服上的时候，我想到的就是小时候找衣服哭鼻子的那一幕。

喝了点酒后，我问老贯："过几天你要是没奔驰开了，还会来看我吗？"老贯笑了，说："我这一生不会没奔驰开的。死都会死在奔驰里。"这一点肤浅的自信不像我。我小时候爱打扮，其实就是因为太没自信。我总觉得要有点文化才能自信。所以我曾经大哭三天三夜，逼妈妈送我去邻村的万老头家读私塾，万老头是宿城当地最有名的秀才。他第一次见我的时候，居然说我像个女孩子。其实，全家族里，最像女孩子的是大表哥牛来，但他却在全家里做到了最大的军官。建国后，他被授予少将衔。而我的三舅逃去台湾的时候，也是官拜国民党少将，内战刚开始，他就已经是少将，因为连战连败，就没升过。

3

谁是我的生父，一直是百村的最大的悬念之一。我母亲美泉号称是我们这里方圆百里最漂亮的女人，另一种说法则是最妖艳的女人。一个村妇有那种风情不容易。母亲有村里不多见的大脚丫，但这却并不妨碍她在十几岁去宿城的时候，在街上就走出那种小脚的扭动感。那时候，男人们只要见到她的背影，就一定会加快步伐，赶到她的前面去看她的脸。虽然母亲的脸长得也不错，但男人们都说，还是从背后，看美泉的姿色更有意思。

据说，我母亲美泉虽然有大脚，但因为美色，家里在她十三岁后，就没少过提亲的人。她的姿色很有名气，不少男人背后就叫她是尤物。这个词一直到我阅读过《红楼梦》后才明白过来。但美泉小时候却一直仰慕家里去美国留学的表哥。一般的男人，她见了只会永远摇头。美泉的失贞，传说和邻村大赵家的一匹枣红马有关。有人看见，说有一天清晨，水田里全是浅雾，他看见那匹枣红马驮走了美泉，当时，美泉在马上一丝不挂。

我小时候也见过那匹枣红马，有时候还会常常梦见它。纯粹的枣红色的马主要被《三国演义》渲染的太厉害，“马中赤兔，人中吕布”。赤兔应该就是深一点的枣红色。对这匹传奇的赤兔马，我一直都持有怀疑，因为从吕布那里又传到关羽那里直到关羽死亡，应该有好几十年了。马不应该能有这么多年的活力。

反正，枣红色是我对马最亲近的一种颜色。我还记得有一次母亲带我去邻村赵家玩，大家把我放在马上的时候，那马突然就惊了。我被甩到半空的时候，是赵家大少爷赵辉一把抓住了我。

传说我的生父，是一个流浪于江湖的尚武之人，名字有好几个。他自称是清末十大高手之一。那种人，在那个年代，类似于现在社会中的流浪诗人或艺人。一身功夫，也卖不了什么价钱。本来，赵家是去找他做护院的，结果，他却在一片油菜地里和我妖艳的母亲一见钟情。

我们家有练武的传统，祖上出过武状元。那个武状元祖宗的像一直被挂在家庙里的显著位置。他失踪在清朝收复台湾的那段战事里，据说是喝醉了，掉在海里淹死了。但报告北京的时候，却说他是被台湾一炮轰死的。我更有名的祖先是周武王的兄弟，因为看见弟弟受宠，怕坏了家里只立长子的规矩，就一直从陕西歧山一路跑到了当时的蛮夷之地，在那里开荒引水，传下后人无数。

当时，传说那个周武王的兄弟死后就是骑一匹红马或者就是枣红马，流连在宿城或者百村这一带，保佑后人。所以，红色的马，一直是我家族神秘永恒的象征。

马，在我以为，应该是最漂亮的动物，有一种冷漠的美。我觉得它唯一的遗憾就是它的鸣叫，里面的愤怒多了一些，缺乏一种对人间的安详。

4

我是妈妈美泉早产的。那天外面突然下大雪，据说那雪特别温暖。飘到人脸上就像春天时候的桃花。我出生了半年后才有第一次啼哭，不哭则已，一哭就是三天三夜。为了躲避百村人的闲言碎语，美泉那时候是住在了宿城的亲戚家。未婚就孕而且还生子，在当时是臭名远扬的大事情。本来，美泉要躲去上海的。那时候，她觉得上海就是全世界除了美国，第二远的地方。但百村人也就是说说而已。他们说她，其实是因为他们在为不知道谁是我的生父而生闷气。

小时候，大家总叫我野孩子。我长得还有些秀气，我的小脸也总是红扑扑的。在别人对我的样子指指戳戳的时候，我就会不满地哇哇大哭。但妈妈用一个说法为我的生存找到了转机。因为她说百村的百岁瞎子阿平为我算过命，他说了，这孩子是祖先特地骑红马在半夜送给百村的礼物，若干年后，他将在一次火灾中拯救全村老少。他的依据之一，就是美泉被人看见赤身裸体被一匹或许是赵家或许就是祖先的红马带走失了身。

还有一个传说，就是我出生的日子里，家里祖庙里武状元的画像突然流了眼泪。其实，直到今天，我也被证明是一个普通的人，打枪的时候甚至打伤过自己的脚。虽然，我真的救过全百村上百条人命。

几年前，我还常去多伦多的唐人街走走。这几年不怎么走得动了。我老了，我对过去的回忆也老了。去年，我还去多伦多郊外看了张国焘的墓。这些传奇人物，再也张不开口陈辩当年的是非了。我喜欢北美街道上的气息，一如我喜欢我早已消失的童年时代的百村的气息。现在，我已经不再觉得，这个世界会随时把我丢失。我属于这个世界最苍老和最神秘以及最无辜的一些碎片，一如我对你们啰嗦的这些故事。

家里第一次丢失我是在我三岁的时候。那天妈妈抱我去邻村的赵家大院看戏，戏班的女主人杨玉花不知为啥就看上了我，然后在嘈杂中偷偷带走了我。我这一消失就是一年。杨玉花的背景不小，她的靠山是当地的军阀刘师长，他的驻军就在离宿城不远的王家桥。

一年后，百村来了人。他们知道了我的下落。他们给刘师长带来了一幅唐寅唐伯虎的画来交换我。刘师长爱古代艺术胜过爱自己女人偷来的孩子。成交一个月后，刘师长从上海来的朋友说那画是清人的伪作。刘师长非常生气。他托人带话过来，说不把真的拿去，就要派十个连的人来砸了百村。但百村人认为，那件祖传之宝绝对是真迹，上面还有明末皇帝的印章和题词。

后来，刘师长的十个连的人根本没能进入百村。因为那天他们清晨刚刚赶到黑河的时候，说看见了张飞，或者一个黑脸长须的古代将军。他们看见，一个黑脸长须的人，骑一匹红马持着头有点弯曲的长矛，披风呼呼地招展，立在黑河通向百村的百年石桥上。他们向他扣了扳机，但枪怎么都打不响。还有几个弟兄掉到了黑河里，差点喂鱼，那水里，还有我们百村一直流传的明朝水鬼。

5

大概两岁的时候，在我的生日那天，我乱抓的东西是妈妈美泉的琵琶。听说当时妈妈美泉的脸色变了。以后那琵琶就被她藏在了家里的阁楼上。作为一个有练武传统的家族，大家更希望的是我会抓一把飞标或者银枪。抓抓书也不错。但我抓的却是琵琶。

而且，以后我也一直对那把被藏起来的琵琶很向往。也许，我在美泉的肚子里，就听过这种乐器。我还记得有另外的乐器的声音，或者是古琴，或者是二胡。音乐在那个时代的中国，是一种稀罕物。

有一天，我爬上了阁楼，本来我是找那把琵琶的。我对那把琵琶有一种天生本能的爱慕。我家的那把琵琶听说历史古老，可能来自宋朝或者明朝。上面有一种深黑色的光或者木纹。其实，记事后，我就没看见过美泉弹琵琶。但老有亲戚来说，有人想买这把琵琶或者借去玩玩。有的亲戚说，这东西本来应该属于全家族。因为那个武状元祖先，是第一次得到它的主人。那一年，他在南京的青楼里赎了一个女人做妾。那个女人号称是当时全中国弹琵琶前三名的水平。听说连皇帝都慕名微服去听过她的弹奏，并且留下了三十两黄金的赏钱。

但那个琵琶给家族却没有带来任何荣誉和吉利。武状元祖先被水淹死后，不久青楼琵琶高手也因伤心或者疾病而死。所以，那把琵琶在家族里不算吉利。但妈妈美泉从小就把琵琶弹得特别好，听说还有点无师自通，所以就意外地得到了那把琴的继承权。

我爬上阁楼后，遇见了一点怪事。如果在今天，也许我就会对人说，那天我在百村遇见了外星人。那天，我在我家阁楼上，看见的是两个穿古装或者戏装的小矮人。

他们的盔甲发着银光，吓得我差点哭出声来。不料，他们和善地对我说，现在应该是宋朝，皇帝姓赵。他们是皇帝派来看望我们大家的。等听见了我妈妈美泉弹琵琶，他们就会变得和真人一样高。其实在那时候，大家已经开始割辫子了。

我问他们："那宋朝人留辫子吗？"

他俩说："宋朝人在清朝，从来不留辫子，但会飞。"

然后我就听见了突然的琵琶响。是琵琶自已响，揪心地响。两个盔甲小人，真的慢慢变大了，缓缓地飞了出去。妈妈相信我的经历，但她从不让我把看见的东西说出去，她那样一个女人，门前的是非已经够多的了。

6

很小的时候我就在想，自己究竟是一个怎样的人物。最早开始想这个问题的时候，我应该还只有五六岁。说实话，我还是很想做一个光宗耀祖的大人物。后来，在老秀才私塾放学回来的路上，我一边掠过油菜花地和秋天最后挣扎鸣叫的昆虫，一边也总想到这个事。

妈妈美泉因此说我有点早熟早慧。在背诵古文的间隙，我还想过，我更应该活在哪个朝代。秦以前太遥远，汉朝，尾巴上虽然有个让我入迷的三国时代，但我总觉得开国元勋刘邦残酷和耍流氓地灭了大英雄项羽，让我不甚尊敬。唐朝和宋朝相比，我更喜欢宋朝。不因为岳飞，应该是因为《水浒传》。我们家是练武世家。《水浒传》中的人物，更接近我对一个真正武术家的想象。

七岁那样，在我们家传统的比武大会上，不速之客刘大麻子已经让我意识到了武术在中国必然的没落。刘大麻子参加过神拳义和团。据称还在慈禧太后面前表演过刀枪不入的神功，不过，在天津卫，他说洋人几声炮响就震掉了他所有的护身大法。看着身边的团民像庄稼竿子那么倒下，他真的觉得中国武术玩完了。他还说他被震昏在了死尸堆里才得以苟且活命。所以我早就明白，在枪炮面前，中国武术藐小得非常可怜。这一度成为我练功时候偷工减料的最好理由。

那时候，我还这么想过，我要是活在宋朝，就一定把武术练好。也许，我曾经在宋朝活过。因为我总梦见自己在那么个年代里，提一把朴刀，走在无边无际的森林里水泊边。

有时候，我坐在湖边的一条小船上，一边射射大雁，一边钓钓小鱼，一边喝喝水酒。我还反复梦见自己坐在宋朝的妓院里、在李师师般的清瘦女人的环绕下喝酒吟诗。

在梦里，我只摆出一种武术家的气势，听那些胭粉女人弹弹琴，玩玩音乐。我不参加任何实质性的嫖妓行动。我很奇怪我年纪小小，在梦里居然是那种规矩的模样。

当然，小时候的我也想象过将来，会有侠女爱上我，带我离开那个让我在漫长的成长过程中有些厌倦的百村。我想象她会骑一匹黑马来，一飘一飘的。马里面我喜欢那种纯粹的黑色。我骨子里的确曾经喜欢过纯黑这个颜色，虽然我的梦中，总是有匹枣红色的马来找我。

我会抱住侠女的腰。有一次，我从后面抱住妖艳母亲美泉的腰，就是那种感觉，舒服、温暖、丝绸般细腻。我的马术一直不好。因为我对马有一种恐惧。我总觉得马不会愿意委身一个已经开始不再迷信武术的孩子。在家族里面，大表哥牛来的马术最好。在爬雪山过草地的时候，也许他还只有给别人牵马的资格。终于长大以后，有一天我突然冒出这样的念头，骑马好的男人，在床上一定也厉害。

7

七岁那年，在家族练武会上，在大表姐耍刀的时候，我突然对她因为激烈跳跃而抖动的胸部发生了兴趣。我想起大表哥带我们在黑河游泳，偷看百村另一个有点花痴的寡妇喜姑洗澡的事情。大表哥最赞叹除了喜姑翘翘的屁股就是她那对活蹦乱跳的双乳。晚上回去，我突然靠上美泉的胸口，提出想看看她的奶子。

美泉笑着说：“你吃奶的时候没看够呀。”她犹豫了一会还是解开了衣衫。眼前美泉的比喜姑要小一些，但似乎更好看些。我突然间就有了上去摸一下甚至舔一下的感觉。我把脸靠了上去。美泉又说：“别人家的可不能去乱动的。妈让你看，就是想让你知道这地方没秘密，就是肉呀。哎，这孩子真像他爹。”说完，她就对着窗口流泪去了。谁是我爹，年少的时候我没心没肺没肝根本无所谓。在外面打架，别的孩子总会骂我野。野有啥不好，据我所知，马里面就是野马最漂亮。我最喜欢的就是马的鬃毛，觉得比人的头发更有气质更飘逸。

在我的记忆里，对母亲美泉的回忆其实最破碎最不可靠的。至今，我依然会梦见她和她那小巧但美丽的双乳。

每次，当我和异性亲热，触及那个地方的时候，我的脑子里会像闪电一样出现美泉的，并拿来相互比较。美泉就是那么一个深刻地印在我潜意识深处的绝代尤物。幸好我小时候睡得死，家里夜里的动静总是不会惊扰我。有时候，表哥们会一边坏笑，一边问我，说我在夜里看见过夜访的男侠没有？我则永远说没看见。或者我在梦里看见过，他们似乎是不同的男人。长大以后，我知道男人可以和不同的女人做，但女人要是和不同的男人做，就会被说成是淫荡。这真不平等。

在家族里，只有我宿城亲戚刘大昆是去日本留学的。他先开始学医，后来改学文。回来后一开始在北京的大学里教书，后来则去了上海。他还娶了日本女人。有一次，他带他女人回百村探亲。因为我家人口少，就住在我家。第二天，大表哥们咬定我一定偷看了那日本女人的乳房。我坚持说没有，还说，日本的中国的能有啥区别。

其实，我只偷看了她坐马桶。她端坐在马桶上的样子很别致，屁股和腿之间微微只露出一点点肉。这是我第一个认识的日本人，印象很好，漂亮，有礼貌，对小孩子很客气，老给我糖吃。我总想，要过一个大海才能去她的国家。那样的地方，也许女人比男人天生优美。后来，当日本人势如破竹地打过来后，我还一直有些郁闷。那些传说中杀人不眨眼的小日本居然就来自刘大昆老婆的故乡。

家族里另一些阔一些的亲戚则都是去美国留学。他们都是宿城中学副校长蔡先生的学生，蔡先生的英文很好，据说和美国人发音一样。但他依然热爱国学，说话很滑稽，总是半文半白，还夹杂几个英语单词。

那些留洋生，有些回来了，有些则永远留在了美国，美国是比日本更远的外国。我从小就对美国印象很好。有几天，大表哥成为了我们中的英雄人物，就是因为他不知道从哪里搞了一包正儿八经的美国香烟。当时，大孩子们躲在柳树后面吞云吐雾。我则站在很远的地方为他们站岗放哨。抽完烟，他们开始说他们的人生理想，他们说他们要去闯上海。问到我，我则说，我要去美国，不仅要拥有美国香烟，还想娶个美国女人回来给他们看看。记得当时大家大笑，说美国女人的颜色和我们中国的不一样，可能连奶头的颜色也不一样。牛来则说，可能阴毛的颜色也不一样。我那时候还没见过女人的阴毛，只见过穿开裆裤的小女婴的外阴，那里根本没有毛。

8

准确地说，是我自己不愿意想起自己究竟是多少岁的。反正都活着，反正都是一种结果，就别那么计较细节了。是生活是记忆，还是记忆是生活，对我来说都可以。

我活得随和，所以我活得悠长。不过夜深以后，我还是会庆幸自己是真活着的，因为毕竟见了那么多死去的。有时候，活得不太耐烦的时候，我对自己说，你不是宋美龄，你不应该比她活得还长。虽然你俩都为抗日做过贡献，她的大些，你的小点。如今她都去了，你还学她，独居哈多伦多公寓？早点去见那些死人吧，有些还是你杀的。你杀人的时候从不考虑什么主义。现在想想，杀人就是杀人。时间也杀人，

九十年如一日。

但时间为什么还暂时杀不了我，我的人生是老天一个很大很大的麻烦吧。我总是说，我的人生是革命人生，要不革别人的命，要不革自己的命。跟割草那样，一茬接着一茬那样地革。

这两天，我常梦见百村。加上几天前刚去看了张国焘先生在郊外的墓，受了一些风寒和刺激，所以开始写这个由百村开始的家族故事。其实我自己也弄不清我的叙述和真实到底有多少巧合。以前，我试着给干儿子老贯说过这些事情，他总是有些不屑一顾。因为他说我不是红军老干部，没资格写回忆录。我说："我不是想说清谁对谁错，我就是想说说一些别人对我和百村故事的甚至是中国的误解。包括'文化大革命'，历史里，多少是错呀。"

老贯背地里叫我为多伦多最顽固的老人。我倒无所谓。去年老贯带我去逛太古，遇到几个华人女青年拉住我为慰安妇问题签字。我想了半天才签。手抖动了起来，非常剧烈。因为我突然间又想起了母亲美泉，她为了救我跟日本人睡过，还为日本高级军官开妓院。于是，我的心有点痛起来。

但我还是签了名。我签的时候，对她们说："我杀过不少小日本，算为那些女人报了仇！但我不反对现在的中日友谊。"老贯就对她们说我曾是抗日英雄，得过不少奖章。我说，我还为抗日亲手杀自己的汉奸亲戚呢，不过过去了就过去了。老是提过去，就是和自己过不去。其实，我还枪伤过共产党员，最著名的就是我的中将表哥牛来。

回到家，我还在想，过去就真的过去了吗？为什么一闭眼，那些过去就立马活了回来。有些人的人生就是为了回忆做准备的吧。例如我，活了那么长，不想死的时候就跟自己说，你不能随便死，你这条命沾了那么多鲜血，那么多人为了救你，前赴后继。你要随便死了就是没良心。活得太悲观的时候，却又这么对自己说，虽然别人救过你，你不也救过全百村吗？你对得起人生了。

多伦多的长夜，对我是一种折磨，也是一种希望。记得妈妈美泉总说："庆生，你要活出息了，你就离开百村别回来。"真的，这么多年，新中国成立后，我才回过百村两次。就因为母亲的话，我都只站在了村口，没敢进去一步。我特理解美泉的想法，因为我是她生的。我还记得她认为一个人要真正成年，就必须去和异性有关系。我第一次和女人有关系后，当面不好意思和美泉说，背地里却一直想写封信告诉她："我长大了，我为离开百村做好了准备。"

其实，那一次，我太紧张，亲对方的胸的时候就射了。后来，也没能插进去。不过我始终认为那是我的第一次。那天，百村四周的雾好浓，雾里面，我看见先是骑一匹枣红马，后来是一匹黑马，上面骑着的人，不男不女，画着脸，像唱大戏的。

我射的时候，听见窗外有人唱着："兄弟你今天别喝醉了，明天你就要骑马去打江山。兄弟你今夜要去会美人，过了这道美人关，明天还有啥咱们兄弟一起不能过？打马过岗！杀！杀！杀！"

第二章　成年

生命是不长羽毛就会飞的老鹰

1

小时候，有段时间，我一看见黑河，脑子里就会突然冒出长安这两个字来。我知道历史上的长安已经改名为西安。我大约16岁的那年，著名的西安事变掀开了全面抗战的大幕。那时候，毛主席在延安的窑洞里，激情四射，看见了一个又一个中国的黎明。而西安的群众则起来大规模游行示威，抗议张学良和杨虎城囚禁蒋介石，还和西北军和东北军冲突不断，照片则被登在了南京和上海的报纸上。而那年我则刚刚发育完毕，胡须都长出来了。

我着迷的仅仅是长安本身这个词汇。它或许是古长安或者另一个城市，或者仅仅是一个小地方。想象中，我的生父，不管是谁，他就应该是一个长安人。有几天，我呆呆地坐在黑河边，想象着黑河水会从一个叫长安的地方给我带来父亲写的信。我还想象他端坐在长安的一角，为写那封给我的信而很久一动不动。烛火一闪一闪，他挂在墙上的剑鞘也那么一闪一闪。

记忆的深处除了荒草外，还有那些流水，来自类似长安或者黑河的地方。在家族练武的日子里，我其实是最心不在焉的一个。我总是把八卦掌和太极拳混着打，觉得自己也能开创一些武术的新路子。有时候我和表兄妹们还讨论人能不能飞翔。我的意见是能。我想象自己活在那种叫做长安的地方，我就能飞。我做过我骑在马上飞越整个长安城的梦。我还梦见那个神秘的可能写信给我却从不寄到的父亲。

他说他从宋朝开始一直居住在长安，每年冬天用一个月专门给我写信。他还说，一旦等我读懂了他的信，我就会有一身好武功，而且也能去做一个真正的长安人。我至今还记得那个梦的结尾。梦中，最后我飞落在一片屋脊上。我蹲在上面，看着脚下无边和黑暗的长安，屋里的人过节般地忙碌和嘈杂。而门口拴着一匹枣红色的大马。它比我显得落寞。后来，它还抬头看看我。我则抬头看月亮和乌云，竟然发现，月亮上的阴影其实是无数的大马在迁移。

所以，至今，我依然认为真正的信是应该用毛笔写的。写字不同于练拳。但我真的看见过母亲美泉在灯下反复读一封信。这封信她起码读过上百次。每读完一次，她会比以前变得更老但却更好看一点。也许我的审美从小就有些问题。我不怎么喜欢年轻漂亮的女孩子，我喜欢那种有成熟感甚至有风霜感的女人。也许，这是美泉对我的影响。

我的表哥们认为女人的种类很多，最大的两类则是我们家乡的女人和上海女人。美泉就是我们家乡老一点的女人的代表。上海女人的代表，在大表哥和二表哥在上海看过的少许上海电影里。他们迷上了一些会唱唱小调的电影明星。反正，他们认为那些明星就是上海女人的杰出代表。也许，她们也是外地人，去闯上海滩而已。

我的大表姐白云是我们乡公认的青春大美女。我发誓，我还真的从没偷看过她洗澡。尽管，我第一次遗精的时候，其实是梦见了一个长着她的脸的女裸体。在她练拳的时候，其实，我也仔细观察过她，总觉得她的背影像我的母亲。

尤其是那种水蛇腰，打八卦掌最合适。练武的女人，关键的时候，居然扭起了这种诱人的腰，真是让我有些百感交集。后来，大表姐在重庆做舞女，她跳舞特柔，裙下客人排成了队，就是因为有武术的底子。而且，谁也不敢轻易冒犯她。

2

我进宿城念的中学。母亲美泉认为我读好了书，才能做好人。我念宿城中学的时候，我们家的世交蔡先生已经失踪了好些日子，后来听说他已经死了在另一个省的监狱里，原因不明。

学费是来自于一笔神秘的钱。反正，从记事情起，家里虽然清贫，母亲名下没几亩地，却也没愁过吃穿。

那时候，大表哥牛来早已神秘消失，二表哥六马则高了我几个年级。由于我们家是前清武状元后人，练武世家，所以在学校里，我和六马等几个族人也算是一大势力。不过六马则热衷于参加学校的戏剧社，因为陈家大小姐陈艳芳是社长。小时候，他就迷恋这个女孩，说她永远都是全世界最美丽的人。

而我，因为东北的沦陷，一度迷上了诗词，而荒废了武功的练习。我最欣赏的是苏东坡，其次是陆游，再就是李清照。我总觉得那些诗词里有一种我们中国人才有的气概。那种诗人气概特别无敌。别人都在说实业救国，科学救国，军事救国，那时候的我则以为，诗歌要是能够救国不是最最简单吗？诗人们站在山岗上，对着千里风光，吟诗一首，敌人马上就跑得无影无踪了。那多好，不战就屈人之兵。

六马有时候也给我看一些油印的东西，说是从陈艳芳那里来的。里面很多主义和口号，当时我是全部不能领会。我觉得诗词比这些口号优美多了，又简洁又没有血腥气。六马一开始的人生理想还不是要去投奔军校当军官。因为他的偶像陈艳芳想去上海演电影，当然，陈艳芳的父母是绝对不会允许他家大小姐去做戏子的。六马觉得他也要去上海。我问他去上海做啥？他说，拜个师傅，加入堂会也不错，白天帮人家收收保护费，晚上跳跳舞，看看电影什么的。

我中学时候记忆最深刻的事之一，就是六马为了和赵家小少爷争演陈艳芳的话剧里的男主角，动了手。赵少爷赵群那时候是宿城一霸，也练过些功夫，据说和陈艳芳还订过娃娃亲。两个人在排演的地方先交了手，当然是人高马大的六马先下一城。

后来，在黑河边的群架，我也去了，双方商定不带家伙。民国时候的少年，和现在最大的不同，就是斯文，真诚，而且木讷，但激情深埋。陈艳芳赶去劝架，大喊：“国难当头，你们不能自相残杀。”没人听她的，一片混乱。或者，大家都愿意在大美女面前表演出一些男子汉气概。我心里则想，中国历史上以前内战那么多，连那唐朝最著名的李家兄弟都可以自相残杀，内斗是一种光荣传统呀。

那时候因为中了苏东坡的毒，我还不是特别敢打能打。记得，赵群先被六马推落了水，他很快爬上来，他练过西洋拳击，还有日本空手道，打起来完全像个怪胎。我则在对付赵群落水后湿漉漉的一脚一拳后，用刀子扎伤了他的脸，我偷偷地带了一把刀。因为我不怎么相信我自己积累的中国武术。离他眼睛只有一寸的距离，当他的血流出来的时候，我真的忘记了害怕，还猛然想起了苏东坡的《赤壁赋》和《后赤壁赋》里的几个句子，而且交错出现。

后来，赵家的家丁带了长枪赶来，我由于一直在想宋词而跑得慢点，被他们绑回了赵家，关了一天黑房子。母亲似乎很轻易地把我接了出来。她对赵家大少爷，说，应该好好打我一顿才对，差点弄瞎了小少爷的眼睛。赵家大少爷则一语不发，很阴险或者说很深沉的样子。他用一种奇怪的目光看着我，让我特别心虚，甚至有一种发自内心深处的忏悔之感。

3

这么多年了，少年时代早已不再出现在我梦里。有几年，我特别幻想能重组我的某段过去，尤其是年少时，那个多灾多难的时代。有时候，记忆特别混乱，我会把母亲的样子想象成第一个和我有关系的女人。把六马想象成那个失踪的、样子呆板木讷却通晓几国外语的中学老师蔡先生。我自己则永远骑在一匹人间从没有过的骏马上面，脑后飘扬的宋朝头巾上飘满最让我心碎的古诗词。

六马应该是被赵家小少爷逼退的学。虽然后来他总是跟人说，是他自己主动要投身于未来的抗日大潮。他先去广州投的黄埔，后来不知道为什么却成了戴先生的学生。

他临走的时候，约我在宿城的城墙上看夕阳黑河，预言中国将进入一种枭雄时代。那时候，他还不知道自己亲大哥牛来投了红军。

六马说他给陈艳芳写了六封情书，却从没寄出。他总是守在陈艳芳回家的路上，希望她路过的时候无意会瞥见他落寞的背影。他说：“有些女人不会只属于一个男人，陈艳芳就是一例。”我给了六马二十块银元，我没告诉他，那是赵家大少爷有次托人捎给我的零花钱。我知道六马恨赵家。他肯定不能理解这种捅了人后还有钱花的故事。

他走了几个月后，我还在遗憾，没能最后和六马谈谈我对中国武术精粹意守丹田的怀疑。其实，那个时候，我怀疑各种各样的革命。我觉得中国睡了很久，该醒来的时候才会醒来，任何勉强只能招来更多的倒退。就如我对古诗词的崇拜，中国的很多东西都是越久越精彩。

说心里话，陈艳芳在中学就是鹤立鸡群。六马离开后，有段时间，我特别留意这朵宿城之花。但我对她从没有过任何非分之想。她身材高挑，要在今天肯定会走上名模之路。不幸的是，因为关注她，我却喜欢上了陈艳芳的跟班王文姬。王文姬个子很小，说话细声细气，从不敢把目光停留在任何一个男同学身上超过一秒钟。没想到的是，她却主动托人递用毛笔字写的草书条子给我。中学时候，我因刀伤赵家小少爷，在当地有点名气。

她约我去参加她们的神秘学习小组。她觉得我会武功能成为她们的打手。陈艳芳是那个学习小组的主角，扬言要在宿城发起宣传抗日，收复东北的罢课罢市。

革命讨论结束后，我约王文姬去黑河摸鱼，看鱼鹰。我给她讲我们家以前鱼鹰捉鱼的故事的时候，偷偷地用肩撞她的身体。月亮那夜很圆，我想象自己像蚂蝗一样爬呀爬地摸遍了她的全身，在那种黑河、老桥、杨柳、月影的意境中。不过，我也就是想象而已，她身上似乎有种正气，能拒我三尺之外。

期间，我先坐船然后坐火车去了一次上海。那已是我当时比较大的探险活动。能坐上火车，对当年的我来说就是一种人生突破了。对巨大的黑暗的上海的印象，应该在未来日子中改变我。我觉得上海是个吃人的城市，是个怪物。那么多高楼，那么多富人，以及穷人。我知道我属于穷人。不过，在记忆中，我悲哀的时候会把上海记成南京。我总是以为上海和南京一样有一刻会是一座空城。

所以，空城很短暂。但南京有灰暗的城墙，上海的苏州河则类似我反复怀念的大运河，一样浑浊泛滥。成年后，我则几次来往与上海南京之间，坐过火车汽车，还骑过马。在运河上坐船的时候，我觉得世界的变化比这些流水急促得多。

在上海的时候，我去南京路找大姨夫的家，第一次坐了电梯。电梯给我的感觉像只大妖怪。然后觉得大城市就像是一个古籍书里从没有过的妖怪。我开始理解，牛来为何去了上海以后就人间蒸发了。敲门的时候，看见大姨穿着蓝旗袍，用一种古怪的神情端详我半天，才说："你妈妈没一起来？"我说："没来，大姨，你看起来比我妈年轻。"

晚上，我在大姨家吃饭，大姨夫没回来，他那夜住他的小老婆家里。大姨的女儿则在上大学，也没回家。佣人也正好回老家了。

夜里，我翻看了床边的《红楼梦》，应该是大姨女儿的书。我看懂了一些，还仔细地浏览了一些男女关系的描写。上海的夜真静，让我想起百村和母亲。想起黑夜中的中国，多少无知少年，在异族入侵前夕，和我一样生长。然后，我第一次梦遗，那一刻，我想起了很多女人，喜欢的不喜欢的，还有陈艳芳，甚至有母亲美泉美妙的胸部。我觉得想那里让我很兴奋，甚至记忆起自己当婴儿时候吃奶的情景。

4

我知道，这个世界是由很多很多无意义的事情所构成。我写这个故事，一度就是试图用一件有意义的事情去贯穿那些毫无意义的河流。人活着，其实就是一种自言自语。

我还记得后来见到牛来，问他，革命是什么意思？这个问题我也问过很多人。在梦里，我还问我自己。也总是把他们的回答记混。我最记得的就是陈艳芳的回答，她对我说："革命就是创造新世界。""文革"时期，很多革命小将觉得他们才懂革命。所以他们叫革命小将。我和六马曾经有过相同的观念，那就是革命就是流血牺牲，就是当炮灰。你被人革命，你会死，你革了别人的命，你就活着。讲阶级斗争最激烈的那个年代，我自问过我自己，杀过人，也几次死里逃生，我应该能算革命老将。

所以，你们不要轻信我的回忆，如同我从不轻信我的眼睛。岁月是一面镜子，我照来照去，其实就是想找这个故事的连接部分。这个故事弯弯曲曲，犹如河流洗刷着每一棵卵石，每一个死去的灵魂。

继续吧。陈艳芳后来去上海做了电影明星，专门拍爱国主义题材。而我和王文姬，却始终处在一种微妙的关系之中。但是王文姬并没有成为我的第一个女人。我晚熟些，有段时间，觉得国难和勃起是一对难兄难弟。虽然我年轻气盛，还在大姨家读过《红楼梦》里的精彩片段。夜深人静的时候，我也想一会女人，我想王文姬的胸和陈艳芳的脸，还想我表姐们的屁股。但我却始终没有学会手淫，我试过，失败了则自嘲，那种感觉比当了亡国奴还蹊跷。

后来，在银幕上看见了陈艳芳演的爱国女青年。我觉得还没有她本人素装的时候漂亮，我喜欢女人的本色。我知道她的故事特别复杂，赵家小少爷和六马不过是她少年时代河流中的几朵浪花。

我家亲戚刘大昆写了好几篇关于她的影评。我还收藏过。反正，我记得要不是抗日战争爆发，陈艳芳肯定会在上海很轰动。她天生就是一个演员。她把一切都演得太好了，而且从不过火。

我还记得她演了一个以小凤仙为题材的电影，名字似乎叫《大河大江向东流》，在里面陈艳芳把小凤仙简直演活了，让我一直以来都有这个感觉，妓女比我们更革命更有献身精神。她们能用身体革命，不用流血牺牲就能带来胜利。我喜欢的诗人李清照据传也做过妓女，我一想到她在从事商业活动的时候，有可能因此产生大量流传千古的灵感，那又是何等气概何等豪迈。不少人，也骂过我妈妈美泉是妓女，我妈妈这么优秀的女人，和妓女也能扯上关系。妓女不是一个贬义词，如今竟然被叫啥失足女人？这个职业源远流长。试问，当今社会那么多成功的女人，是不是因为她们骨子里有一种妓女精神，才能出类拔萃。

后来，六马杀了陈艳芳后，对我说她的本质就是一个气质高雅些的妓女。一个美丽的女人做了妓女是无敌和无私的。我总觉得他其实在说：“她就是一个英雄。”每一个妓女，对于男人来说，她们都是英雄，她们代替爱情，代替婚姻，代替每一种必须解决的悲伤。

5

年少时代，我曾觉得日本人侵和满蒙入主中原其实是一个概念。我们的民族有的时候，奴性发作，就会屈服于这么一个强暴犯，很长时间不敢翻身。我这么想的时候，我还没见过真的日本鬼子，只知道他们已经霸占了我们的东三省。

后来，都说是王文姬领导的宿城抵制日货，宣传抗日救亡的五月风暴，那应该不是事实。但我是真的不知道，她小小年纪已经是正式的地下党了。我只记得当街焚烧日货的时候，她的小脸被火光印得好红。我看见她这么兴奋的时候，忽然觉得自己也有点兴奋了。

然后，我被母亲找去，说赵家大少爷病了。想让我请几天假，去看他。我念在他给我不少银元的份上，去陪了他几天。现在，我依然记得，他问我在学校里学了什么？我说，最喜欢学古诗词。他还问过，学英语了没有？我说，学了一点。最后，他问过，将来想去美国留学吗？我说，美国离家太远了。

现在，我离中国就那么远，远得让我总是会在清晨看见日光之前难过。没有了家乡的人是没有灵魂的。或者说，他已经把灵魂忘在了家乡。老贯说我是把灵魂种在了家乡，即便他说的是对的，那棵灵魂也从来不会发芽生长。因为我以为真有灵魂的话，四十岁之后，一定会停止一切繁衍。不倒退就是幸福。

少年时代，我以为能真正离开了百村，就是一种最致命的成长。我在还没有学会恋爱的时候，就特意丢失了童贞，去完成这成长。在赵家大少爷的钱庄的阁楼上，他的三姨太，用无比妩媚的眼神勾引了我。或者说，我们都不由自主地陷入了一个梦想成真的春梦。这个春梦让人为所欲为。封建的枷锁和脱衣服裤子一样，一挣扎就全散了。其实这个故事也应该有很多铺垫的过程，但我现在就是一点也想不起来。

我默念着那里小说里面的淫秽的过程，摸乳、亲嘴，脱裤。嘴上则赞美她比我妈漂亮。这一句让她特别春心荡漾。她很老练地引导着我的手和我的身体。似乎连呼吸都被她控制了。其实那一次，我并没有能完成全部，入港。我记得她的花棉袄真好看，脱了以后，胸口就像白玉上点了两粒红玉做的红枣，而且越摸越硬。我把脸凑上去，我觉得自己像一个溺水的人，拼命挣扎却无法控制自己的力量。

妈妈则一直以为我的第一次是和乡里的花痴寡妇喜姑，因为她看见我有一次，一夜未归，就住在了喜姑家。我自己更愿意记起的是，我爱过王文姬，她指导过我的第一次，是我真正的初恋。当然，这只是我的性幻想。尤其日后她步行去了延安上了抗大，还做了那么大的官，嫁了那么高级的首长。我其实连想她的身体一下都不敢。

也许，我真的和王文姬什么都没有过，就像我在“文革”中交代的那样，牵过手不算什么吧。我不知道她在上海也被捕过，也许也写过脱党书。六马说过，进了军统，百分之八十的人悔过。我自己是真写过，我知道自己在几个阵营里漂浮过，我曾经为此感觉罪该万死是革命敌人。后来要判死刑也没死成，又觉得活着才是人生最大的事情。

所以，我的第一次，确切地说应该就是和赵大少爷的三姨太，我毛手毛脚地摸她的衣服，她把我的手，放进她的锦绣棉袄里。她的内衣特别薄，好像薄薄的蝉翼。她的乳房不大，摸上去就像是摸一条刚脱水的鲫鱼，特有弹性。我摸了又摸，爱不释手，觉得那是世界上最诱人的地方。

我还喜欢她头发的气味，一靠近，头就会晕，然后裤裆就会自然而然地鼓起来。里面像装了一只调皮的猴子。我还喜欢时不时地摸她的屁股，以及连接屁股的腰，总觉得那里是很多肉做的牡丹花。摸到花心的时候，我抖得特别厉害。觉得男女之事情真的就是洪水滔天。然后，好像是在马背上晃来晃去。身体的纠缠像一种武术，有太极推手的柔和，有近身肉搏的较量。就是揪那些毛发，也像是去抓一匹小马的鬣毛。

赵三姨太以前在南京唱过戏，还很有些名气。她说她梦见过和我这样，所以就和我这样了，她还说，她第一次看见我就喜欢上了我，觉得我长得很好看。还觉得我长得让人可怜。

她说，你真可怜兮兮。

我觉得那会儿她和喜姑一样肯定也是有点花痴发作。不然怎么会看上乳臭未干的我。尽管有过很多相互吸引的铺垫。但那些都不应该能导致两个人在阁楼上的火山爆发。于是，那一刻，我也是花痴，一开始并没有爱情的人在一起忘乎所以地，因为肉欲偷偷摸摸地做这种事情，都是花痴。有过偷情经历的人，骨子里，都有花痴情结。

三姨太那天事后送了我一个玉坠，说是个贵重的文物。我要是实在没钱，去当铺起码得要三十两黄金。她说还是在南京的时候，一个戏迷送她的，那个人是个著名的大军阀。

而我和王文姬分别的时候，我又把这个玉坠送给了她。因为我觉得这个玉坠应该很值钱。据说，她在延安的时候，又把这个玉坠送给她要上前线的军人丈夫。后来，我在“文革”审查小组人员手里又见到了这个玉坠，当时目睹旧物，真有点激动，更多的是悲伤，觉得人生就是这么一出三姨太在南京时候就开演大家接着演却永远演不完的老戏。

三姨太，我记忆中最妩媚的女人，如果世界有尤物，那她就是教尤物成为尤物的老师。其实，我怎么能拥有那样的女人，应该是靠的运气。我及时地出现在了她人生最空虚饥渴的时刻。我的童男气味，也是一种对那种江湖中最老辣女人最致命的诱惑。

6

西安事变发生后，我病了一段时间。我回百村养病。妈妈亲自去黑河和小湖里用猪肝钓甲鱼给我吃。有两天，我不省人事。全百村的人都来看我。其实，我是在没完没了地做梦。我又梦见了我最喜欢的长安，那些明朝城墙。

我还梦见母亲端坐在有九条龙盘绕的小湖边弹琵琶。她穿着唐朝的衣服，但解开了衣襟，袒露出双乳。而我则和赵家三姨太搂在一边泡温泉。母亲说她也喜欢这个女人。要是我和她做事能让她在一边看看就太棒了。

池子边，则晒着我唐朝时代的兵器，青铜锏。她的三角区在水波下若隐若现的，我的锏则倒影在水里，弯弯曲曲的，犹如我被泡软的器官，盘旋在三姨太的沼泽边。背景里贴满我最喜爱的唐诗宋词里的句子。

直到那个大将突然破门而入，从铠甲里取出一把手枪来，说，轮到我了。那把枪就是我梦里一直在找寻的那把枪。

那个梦做得太长，以至于直到现在，一旦我有点迷糊，我就会把真实的生活当成还是那个梦在永远地延续。我从唐朝向宋朝飞奔，我蜷缩在明朝的闯王的大旗下面，我用清朝的女人的头发做成的弓弦射箭。我总是一贯地忽略元朝，因为在我潜意识里，那个时代让我悲伤得不得了。而且，每当我遇到挫折，我就提醒自己，人生不就是一个长梦而已。

多少年后，我在多伦多，依然还会重温那个梦。梦里骑马的人不断幻变。我在梦里祈求时代倒退，我喜欢民国时代。那时候的故乡，端的就是一种故乡的架势。那样我可以像年少时代那样在脑海里一次又一次地又回到我最喜爱的宋朝。我的梦里总少不了母亲美泉的背影。她就那么居住在我的脑海深处，和遥远的中国故土一样。

现在看来，世界上那几个著名的文明古国，都成了新世界的落后者。为此，我并不喜欢先进的所谓西方文明。在多伦多，我好几次去看三文鱼洄游。好多人在钓鱼。我理解那些拼尽全力，用生命去换取繁衍的鱼的智慧。我离开中国过后，再也没有回去过。我怕那个百村，那个宿城，我怕它们在人间就根本没有过。如同我从来没有去过的中国古代一样。

我还怕，我自己真的就是他们说的那个六马。虽然这种可能性只有百分之十几。或者，真正的表哥六马从来就没有过。他是一个由我虚构出来的人，过去的一切都是故事在自动虚构下一页。

7

在我越来越不清晰的少年时代印象里，那段时间，我的脑海里全是三姨太妩媚的眼神，我拿王文姬的眼神和那种眼神对比，我甚至得出了王文姬不像个少女的结论。所以，我一直没真正碰过王文姬，当然，别人后来说，是因为她的眼神里的那种正义让我却步的。

我还为三姨太找相应的宋词，找了半天，觉得没一个句子可以配上她的姿色。我没有能够中学毕业。我后来似乎还是和赵大少爷的三姨太幽会过两次，直到她很轰动地离家出走。

一次，是我找她。她去寺院上香，那一天我一直跟她。她看见我后，就打发走了她家里的仆人。那一夜我特别开心。我和她溜进赵家大院的马厩，她有钥匙。我牵了一匹黑马，我没看见那匹枣红的大马了。那夜，我人生中最大的雾笼罩着宿城。一点点灯火，看起来就像磷光。

夜里，我们俩就骑马玩。我让她坐在我前面，那匹黑马很听话。一直慢慢地走。雾真的太大，四周根本看不到任何人影。这样浓的雾，不知道天上的人间有没有？多好的掩护。让我觉得又可以为所欲为。

后来，我们在黑河边的柳树下，抚摸，做爱。那是我的第二次，依然手忙脚乱。脱自己裤子都脱不麻利。她一直摸我的脸，说我清秀，干净。眼睛是我身上最好看的地方。她还说，总想远走高飞，可我又不是那个有能力能带她走的人。不过她依然愿意照顾我一辈子。没想到，后一句话，会真的一语中的。

我的能力一直不行，不知道是不是太刺激的原因。我总是在开头一泻如注，像一条失去控制的纸蛇，然后会疲惫好一阵子。但就是这种难堪，让赵三姨太特别喜欢。她说，我就是她上辈子的那个情郎今生投的胎。她喜欢我这种稚嫩和不解风情。

她还喜欢抚弄我的头发，辫成辫子再解开，反反复复。说我要是和女人一样烫个头再长发披肩就好看了。还有脊背，说摸我的脊背像摸猫。有一会，她从头到脚地用嘴亲我，要把我的身体印满她的口红印。于是，我一连泻了两次，软成了一团烂泥。

后来一次，我在参加宿城学潮的队伍中，她看见了我，向我招手。于是我跟她去了上海。我们住在上海小巷子的小旅馆里。一住就是一周。她的失踪弄得宿城满城风雨。赵家大少爷据说都砸了自己几个名贵瓷器。

我在几年前做了一个白日梦，我给这个梦起名叫上海宝贝。这个梦里的情景就如同我私奔时期的上海，无边的灰暗的上海。上海宝贝的梦是这么做的，两个旧社会男女为了找寻自己失落的孩子，在上海游荡。他们一个做了交际花，一个做了愤世嫉俗的左派诗人。

整整十几年，他们一直在上海流浪。也并非一无所获。他们收养了一个新孩子，并把新孩子取名叫上海丫头。日本人打进来后，他们真的就找到了自己失去的那个孩子，她已经做了日本人的养女，外号上海宝贝。那个宝贝很小的年纪，就喜欢和日本养父干，而且一想到各种日本男人下面就会潮。想到中国人却从来不会潮。上海丫头后来和上海宝贝成了舞厅的干姐妹。而他们的父母，则成了要利用她姐妹俩的地下党，准备去暗杀日本在上海的特务头子。这个梦没有什么逻辑，也没有什么爱情。就是印象深刻，醒来的时候，记忆清晰。

但我和三姨太本来应该是没爱情的，但在上海这一段时间，竟然做出了许许爱情。这应该算是私奔。我们邻村的花痴喜姑常常会那么外出段时间。有一次回来还怀了孕，但孩子后来流产了。

我和赵三姨太在上海一共待了一周，我们几乎天天做爱。因为我对她有了越来越多的爱意，所以我很努力，很拼命地做，想发挥出我所有的潜能，让对方开心，升上仙境。我的水平于是也日益渐长，原来，这种能力也能靠练习提高，尤其是男人。我甚至想在过程中，融合进太极的手法和意境，那就是巧妙地激发起她身体内的力量，而把自己的力量化在一种浓密的爱意里。

我们无师自通了好几种招式，那时候我还完全没有看过《金瓶梅》和里面的插图。反正动着动着觉得不流畅了，就像在水里游泳一样，马上一扭屁股就换一个游动的姿态。所以，过了几多年后，当我真的看到插图本的《金瓶梅》，真觉得那些插图很眼熟，很多招式我早已熟记心头。

疲倦的时候，我会打开小窗看看外面，上世纪30年代的上海的夜空，曾经是那么平静，那么让人颓废，想家。不过，那时候的中国，真的很朴素，干净。所以，我总以为朴素才是人类或者文学的最高境界。

8

我不得不承认，当年我就是大家一直流传的那个民国东亚病夫。我常常生病，但又常常自愈。一个莫名其妙的病夫的成长，在旧中国，曾是多么艰辛。你们看过那些民国老照片吗？只要你看过那个年代的旧照片，你肯定会同意我的看法。

卢沟桥的枪响以后，宿城的月亮变得更加苍白而脆弱。中国的大命运，有的时候，完全覆盖着我们小人物的命运的每一声呻吟。自古如此。日本人就要来上海的传闻，也早已在那个城市黑云压头。

赵三姨太是昂着头回赵家大院的。她跟我说赵大少爷是个不举。另外也特别喜欢她，她提什么都会答应。所以，只要他见到她就一定会原谅她。她知道赵大少爷想送我去美国留学。她说她会求他让她陪我去美国。我很怕她告诉大少爷，是我跟她混在了上海。所以，有点担心她。

那天夜里，我翻过赵家大院的墙头，溜过莲湖池和风雨亭，我想去看看赵三姨太和赵大少爷和好没有。

我很清晰地记的那天是没有月亮的，但我在赵大少爷的房间里却看见了月亮。那种肤色比月亮还白。我看见了母亲美泉，虽然是意料之内的，但还是让我有点突然。母亲被赵大少爷压着，呻吟着。两条腿从赵大少爷的胯间伸展开来，显得腿比平时长不少。看起来很骨感。两只脚则一抖一抖，好像一对快活的褪毛翅膀。其实母亲那时候已经应该有点少许徐娘半老，但在床上，看起来却比小姑娘还生猛。姜的确是老的辣。

赵大少爷根本不是赵三姨太说的那么不举。他很生猛的样子。一副熟练骑手的架势，起码也是随意能折腾够对方。他比我持久，动作幅度更大，应该也更到位。因为我母亲总在忘情地嚎叫，一点也不在乎四周的动静。他们的关系，就凭这叫声的音量，说明也绝不秘密。这个世界就这么安排，我睡他老婆，他睡我亲妈。宿城街上其实早传说了，我不就是赵大少爷的私生子吗。不然，人家能想着送你去美国留学?

然后，我真的看见了那匹枣红马，它慢慢地走到我身边，弯下头来，让我抚摸它的鬣毛和脖子。在记忆里，我是骑着马离开赵家的。那匹马似乎能听懂我说的话语，它的眼神看起来真聪明。

我还骑着马找到了王文姬，谢绝了她介绍我入党的请求。我很想很想亲她一口，和我对赵三姨太的那样，她的样子那么害羞迷人。我心里说，如果革命就是谈情说爱，我愿意加入。我跟她说，我要去美国了。我到了美国，会用英语给她写信。我不是个勇敢的人，虽然自幼练习中华武术，还用刀扎过宿城恶霸。

我一直骑着马，像骑着家族命运。那马过黑河石桥的时候，突然吼叫了一声。冲着躲满明朝水鬼的河水。还有一只没长羽毛的老鹰，在马头前盘旋。于是，我从幻梦中醒来，我掐自己的脸，还掐马的皮。没错，不是梦，我是真的骑着枣红马呀。我飞一样掠过百村。飞过儿时的记忆。我在心里写给母亲的信，我成人了，要真的离开百村，去做一番大事了。

后来的事情不记得了，我是怎么失去那枣红马的。我有点印象的是，它跑得太快了，所以时间开始倒流，我的身体也越变越细越变越薄，最后跟鬼魂一样像卷纸一样飞舞了起来。我的身体甚至变出飘绕的尾巴，还有七彩的羽毛。我的声音则化为旷野的风声。

我记得上海打起来后，大舅和三舅组织了那个宿城著名的民团去上海支援蒋主席的精锐部队。他们本来是要叫上我的。但那天，我正好去赵家看望我母亲。我母亲说，赵大少爷要安排我去美国留学。

日本兵，来自刘大昆老婆的故乡。传说他们比恶魔还厉害，杀人强奸。于是，我又想起了明朝诗人戚继光。他的戚家军杀倭寇不是一片一片的吗？如今，他们卷土重来。如果我不是一心想去美国留学，那一定去上海，对着阵地朗诵戚继光的名句：“封侯非我意，但愿海波平。”戚继光虽然早死了，但他的诗歌没死。王文姬说我没有热血是不对的。

我就是觉得如果我一直骑着枣红马，那我就会跟我大舅三舅去上海打日本人。我这个人不怕死，就有点怕死的窝囊。没了马，有时候我很害怕，很害怕没有了速度那种成熟与腐烂。

不远的远方，就是传说中的百村和宿城。它们的影子有点迷离，像个编造的地方。看多了觉得人会陷进去。一个月前，赵家小少爷赵群，已经启程去美国留学。然后，赵大少爷的三姨太，我的性启蒙老师，也偷偷搭上了去美国的远洋轮船。我不知道我对她的感情是不是能算是真爱，但觉得她的离去，让我猛然觉得生活没有了她，似乎已经毫无滋味。反正，有几个月，我天天梦见她，梦见她的身体像蛇一样环绕着我。我轻轻地抚摸她的身体，感觉到了鳞片和凉凉的性欲以及热情。

我没有去成美国。她是去美国找赵群的。她在轮船上，应该看见了无数的碧浪，不知道是否会和我想她一样想起我，也像我梦见她那样梦见我。总之，我要知道事情是这样发展的，那我以前一定会找时间多跟她做爱。和她的爱，让我永远觉得她是我的另一种枣红马。

第三章　逃亡

痛苦给我的快感终生难忘

1

上海打起来后，我的留学就被放在了一边。那时候，大家对蒋先生还抱有点信心，认为他的几个德械师不会太草包。不过，大舅和三舅的民团很快溃退了下来。三舅还负了伤，传说他被日本人的狙击手打了。他们的队伍残缺了不少，大家都说日本人打仗真的不要命，枪打得也特别准。后来他们也很快就离开了宿城，去更偏的靠海的地方流窜。

赵家大少爷说他不想走，他说祖宗的东西不能说扔就扔。他就一个人带了两个老仆人留在宿城，妈妈带我去跟他告别，我看见他的时候，猛然又想起了我骑上枣红马的那一夜。我觉得枣红马会保护他，所以他不怕日本人。

我们家族和赵家汇合在了一起，先去了南京，没一个月，说日本人直奔南京来了，于是又花了重金搭了一条大船逆流去了武汉，用的都是金条，于是我感觉命比黄金灿烂。一大伙人在城外露宿，最后，说武汉又快保不住了，于是逃向重庆。

沿着长江而上，让我觉得这就是战乱时代仅剩的诗情画意。我寻找过唐诗里的两岸猿声，我没有听见，那时候，估计听到了，也会以为是一种绝世哀鸣。

不过，当看到报纸上登南京发生了世界上惨无人道的大屠杀的时候，我这么自私的心灵也没有庆幸我们家族成功离开了南京。我真的开始恨日本人，开始觉得诗歌是心灵骗子，我是个男人，应该拿枪去保家卫国。我开始后悔没留在家乡，参加抗日的民团。我会武术，我还可以练习打枪，我会射箭，所以我一定会很好地瞄准。有两次，我跟母亲说了我的想法，母亲没多说，只说，她还不想我那么小就死。

记得母亲逃难途中还怀了孕，在武汉的时候流产了，但保住了性命。母亲身体慢慢康复后，对我说，离开了家乡，我就可以自己给自己做主了。娶了老婆，就带来给她看看。生命就是一个即将出发的蝼蚁。那段日子特别苦难，苦难得我老想把它们全部从记忆里抹去。

活下去，在那个年代是一种必需的欲望。你不想活，那死亡肯定最先找到你，把你带走。我终于在我人生的旅途里，看见听见了越来越多的死亡。

母亲在重庆的时候还救过我一次。一次在轮渡上，日本飞机正好来轰炸，几颗炸弹落在了附近，我被震得落了水。实际上，我是会些黑河狗刨的。但应该是被震晕了，我就那么直接地往水下沉去，母亲拼死过来拉住了我的头发，在渡船倾没之前，把我拖上了岸。那天，渡船上一百多人，死了五十多个。

在落水的那个晚上，我又做了梦回宋朝的梦。至今记得一清二楚。梦里，我提着弓箭，坐在汪洋里的一条小船上，我听到一个声音，说让我用箭射鱼。但我看不见鱼，只看见海尽头，一个小岛上住满鱼一样会游动的居民，他们矮小，单纯，杀性盎然。那个地方应该就是我梦里的日本。

我还梦见父亲，他长得似乎不是我熟识的人的样子。他先倒骑在长安的城墙垛上，用斗笠蒙着面。身边还坐着一个明显不是我妈的女人。后来他们合骑一匹马在城墙上跑。那个女人的胸很大，抖动得特别激烈。我知道，他们就是传说中的侠客，但我想告诉他们，日本人来了，日本来我们宋朝杀人了。我张开嘴想喊，结果一张嘴，在梦里吐出了最后一点浑浊可能还染有同胞鲜血的江水，还有几条瘦得惊人的江鱼。

2

突然之间，我开始从各方面反感母亲美泉，甚至连她的样子也变得不那么好看，还有她一贯的水蛇腰。她在重庆的时候还去一家高级军官家帮工，赚点家用。大表姐还去舞厅里陪舞。重庆在那个时节一样有舞厅。

我总觉得母亲开始变得一点牺牲精神都没有，她从不谈论国家大事以及我们失去的家乡。看上去，她不是太在乎中国日本之间的这场大战，好像能和我一起活下去，就是人生里最有意义最积极的事。

我有段时间天天吵着要去投考军校。母亲总是说让我等等家里人的消息再说。其实我也就是白天闹闹，到了晚上我就会害怕，觉得去打仗就是当炮灰。这让我总想起宿城和黑河，我总是留恋在牛来放鱼鹰的那个年代，别的时间则基本忽略。

听说日本人打进宿城的时候，也有屠杀和强奸。但赵大少爷起码没事，还托人给我们带信报平安。

有一天，我的大舅找到了我们，他也来了重庆，说要活动活动弄点抗战经费。他和三舅的民团已经改名抗日义勇团。和日本人遭遇过几次。我问他，杀了日本人没有？他说，有。这时候，我已经知道全部闪闪发亮的古诗词，根本顶不过一粒子弹。

大舅还对我说，六马给我捎来口信，让我回上海找他，他现在活动在那一带。已经立了几功。母亲当然没有同意我回去。她觉得我这样的，肯定是去送死。她说她听她帮工的那家军官太太讲，说蒋先生的部队，常常是几十万打人家日本人几万，总是一泻千里。

后来，母亲有点闹不过我，说，她希望我再大点，就去参军，去参加正规的军队。在军队里起码有同等机会，拿着长枪大炮，和敌人赌博生存的机会。

日本人在中国，横冲直撞，真是势如破竹。看看天上那些飞机，重庆好像都要被炸烂了。我觉得在重庆的日子，和难民们住一起，有点等死的感觉。

3

六马来还我二十块银元的时候，他自称已经是戴先生的学生里比较有所成就的了。他塞给了我一包新币。几年没见，他显得精干了很多，还养成了一个不停观察周围的毛病。还有，就是他看谁，似乎都可疑，都要在他脑海里寻找点蛛丝马迹来。他还带来表妹红红。红红，垂着脸，和齐额的刘海，还垂着手，跟在他的屁股后面像他的丫鬟。家族里早传说红红为了等人疯狂地留在了无锡，结果被日本兵轮奸了，精神已经不正常。红红表面看起来没特别的变化，就是细看的时候眼神有点吓人。眼睛里很深邃，深得让人发憷。

好像六马自称已经执行过好几次任务，为国家立了功。他说最惊险的是他在南京城陷落的时候，为了任务没及时走掉，躲在安全区里，成天有日本人进来搜捕，他的两个弟兄则被日本人抓走杀了。他对我说，去了南京，才让他变得总是如此杀气冲天。我说，看不出你的杀气呀。他说，看出了那还有啥水平。我说，我也有杀气呢，我不也差点被炸死？但我放个屁身体里的杀气就少一半。我没出息，我的热血不多。

现在六马一副深藏不露的样子，好像已经阅尽人间生死。他的眼神和表妹红红正好相反，里面似乎看起来什么也没有。细看还是什么也没有，更别说那种杀气。他应该是到了一个境界了。他可是戴先生的高徒呀。

他请我去一家很好的餐厅吃饭。喝了点酒后，他跟我说，他的大哥牛来现在是八路军军官，他收过他的信和照片，照片上牛来骑在一匹高头大马上面，很神气。他们还约着来年有机会在重庆八路军办事处相见。

六马说，现在国共合作，不然，他们亲兄弟在战场上相见了可惨了。那一年，至少我还没假设过我们这些兄弟之间有一日会成为敌我双方。或者，六马和牛来，这两人之间必须让我作出选择。

六马说他在重庆待不了几天，他就要去上海了。但他希望家里人能照顾表妹红红一段时间，让她把病养好。他除了还我的钱，又给了我妈一些钱，说给红红用的。

我已经记不清六马是哪个时辰离开的。我只记得他腰里别了真家伙。他消失在黑夜里的速度真快。和子弹弹出的感觉一样。他总是这样离开我，让我突陷惶恐。

有一刻，我真以为他就是那个来带我回宋朝的人，他的身手快得让我不相信他完全是一个被日本人打得到处乱跑的民国战士。我觉得他身上一直藏着一把宋朝才有的尖刀。那把刀让我怀念，我小时候和他一起练武的时候，我们气沉丹田，我们的丹田又什么也不是。

4

我在重庆失踪过的那几个月，连母亲也显得不怎么关心我的下落。现在的说法是六马介绍我去了戴先生的短训班。实际上，我是陪表妹红红散心去了。她不让我和任何人讲。

她总说要在这世界上找一个绝对美好的地方，而且就在重庆周围。我问她，我们去找宋朝好不好？宋朝肯定是个好时代，我心里暗念。听说，那时候，日本女人喜欢找中国男人借种，称为度种。日本女人最大的骄傲就是给中国男人睡。就凭这一个原因，我也要一生都爱这个时代。

红红却说宋朝不好，她要去日本的幕府时代，那时候有英俊的武士，天皇是傀儡。武士们半夜玩的杀人做爱的游戏真美好。原来，她想漂洋过海去古代日本，她应该是真疯了。

有几个夜晚的月亮特别圆。我们俩就栖息在路边的干柴上，我清晰地看见她呼吸的胸廓。还有一天，我们看见了一条小河，小河上面有人背着斗笠在竹排上放鱼鹰。

然后，我听见红红对我说，搂她一下。我照她说的做了，然后，她又说，亲她一下。我犹豫了起来。她说，你学一下六马嘛。我说，六马怎么了？她说，六马敢说敢干呀。她在无锡等他，日本人来了，他都没敢来。我突然冒出一句长安话，也不知道怎么会的，我说，六马也会怂了？

然后她先亲我的额头，接着是耳垂。或者她只是想对我的耳朵说话，那声音轻得犹如蚊子在说话。她说，日本人放火烧她们，但她没死，是六马从云里跳下来救了她。

我们坐过船，坐过马车，坐过火车，还沿铁轨走过。中国的荒野，在没人时分特别好，虽然还达不到红红说的那种毫无缺点的美好。

国破山河在，有的时候，我自以为能体会到这种诗意。甚至，我以为和红红，是一直徘徊在一个叫宋朝的大院子外面，我们在离宋朝很近的地方，走路，亲嘴，睡觉。我们的兵器，被月亮光洗得发白发寒，我们抚摸完兵器，接着一起抚摸一个叫宋朝的梦境。

当然，关于这个失踪的日子，在我的记忆中，真的还存在着那个他人流传的版本。我和红红真的是去了戴先生的特务短训班。我们在那里练习长短枪射击，搏斗，用炸药，和各种秘密接头的方法，红红还被培训使用电台。有一周，我和红红被安排一组练习接吻跳交际舞和亲热。

梦里，红红穿旗袍的样子依然会时不时出现，我的手伸进去抚摸她的丝袜，和那丝袜的尽头。当碰到有浓密毛发的地方就停下来。现代小说家喜欢形容那里是深渊和溪流。古人则简单，一个字，叫屄。操则是肏。干脆有力。

我喜欢那个时刻，红红的眼神，充满着一种从容不迫的妩媚。她的诱人之处就是她真的感觉到两性间的事情的诱人。我还喜欢她抚摸我的胸口，她总是在这个激情的时刻轻轻地叫我六马，六马是我那个在前线英勇杀敌的特务兄弟。他会为你报仇的，我也会。我一边回应她的抚摸，一边在心中低语。而戴墨镜的教官在窗外冷冷地看着。

事实上，我自己是不承认后一个版本的。一个理由就是，那个年代，根本不可能专门训练特工使用色诱。我和红红的特务生涯是怎么开始的，在我的脑子里，每一年的版本都有变化。

所以，当“文革”时候，审查小组反复询问我这个问题的时候，我都摇头，我总是跟他们讲我和红红到处漫游，寻找她所以为的美好家乡的那个版本。我跟他们说，夜晚的时候，我们真的找到一些类似宋朝那么朴素的地方，而红红的半裸体则艳得好比那个时代的大尤物。一旦说起红红和陈艳芳以及我的母亲，我都会习惯用尤物去形容，以至于他们给我起了一个外号叫“宋朝尤物”。后来又简称“尤物”或者“老尤”。

5

大舅在宿城出任日本人的伪市长的消息，传到重庆的时候，我们一开始谁也不信。他在上海还和日本人拼过命。那个民团也一直没放下过抗日的旗帜。虽然，因为没钱，听说他们后来在家乡也做了不少坏事，绑架富人啦，抢劫大户。他们还勒索过赵家大少爷，要去了他们家没能带走的几件文物，和赵家也翻了脸。

那时候，民国大帅哥大英雄汪精卫已经去南京建立了伪政权。据说就是汪精卫和大舅有过交情，他还亲自给大舅捎了话，让他投入了日本人的怀抱。大舅的这个选择，一定会让抗日特务六马难堪难过，甚至在内部让他被其他同志们怀疑。还有大表哥牛来，自己的父亲当了汉奸，不知道这让他在革命队伍里如何给上级交代。

母亲美泉却一直给大舅说好话。她说，他会替乡亲们做事的，他会尽最大可能保护宿城人民。因为大舅从小就是全族里心眼最善的人。我不看好大舅这个汉奸市长，我认为这个节骨眼投敌一定是给全族抹黑，我甚至对母亲宣称，将来有机会，我要结果了他。我用日本飞机对这个城市的轰炸来赌母亲的嘴，我说看看那些日本飞机，大舅就是这些飞机里的一个炸弹。

母亲想回家乡已经很久了。也许她觉得大舅当汉奸，是一种保证。满族人来了要统治，日本人也要，总不能天天杀人放火。她一点也不喜欢在重庆逃亡的生活。我们住的地方又漏风又漏雨。

在重庆，她还被抓去过差馆关过两天，因为她做佣人的那家军官太太怀疑母亲偷了首饰。其实，那个太太只是找个借口，她更怀疑的是自己的先生和母亲有染。就是兵荒马乱，母亲的样子，依然还是那么的狐狸精。大表姐当舞女时认识了不少大人物，她托人把母亲赎了出来。我则扬言要去用枪打那个军官太太。我摸了半天，在腰间也没找到任何枪状的家伙。

我比母亲动身晚。她和一些亲戚先走。她们还是选择坐船。回家的路似乎比来的时候更长。那条长江，还是过去那么呜咽浑浊。在我的记忆里，我和红红是以另外一种方式走的，我们是骑着马回去的。只是那匹马不是枣红色的。

梦里还包含着梦，我总是看见我结束逃亡生活回家乡的场景，我们路过有猛虎的山冈，我们用弓箭射大雁和日本著名的绿色野鸡。渴了，我们就找山泉。还在万丈瀑布下面洗澡。红红的线条特别优美，衬着长满绿苔的岩石，好像是一张宋朝时候的水墨人物。我最欣赏的是红红的背影，当然是裸背。看起来很瘦很纤细，如果，有一条美女蛇，特别瘦，估计就是这种妖娆。

快接近家乡的时候，我更紧地抱着红红的腰，那匹马不时地回头看我们。有一个时辰，我就用手环绕着她的胸部，我感觉到了她凸起的乳头，触痛着我的手心，好比天上冷冷地刺激着人间的星辰。我越抱越紧，似乎手臂已经镶入了她的身体。男人和女人最后的沟通，不就是让肉体相连吗？我觉得，我们俩就像是来自宋朝的无名双侠，刚刚替朝廷荡寇回来。另一个版本的宋江和阎婆惜。唉，宋朝宋朝，一定是一些美好的年代。

我们回自己的家乡去，我们找六马抗日去。我们也许就是去送死，直到这匹马累死，我们都不会停下了。

6

回到百村，了解到了大舅和三舅翻脸的过程。主要的原因还是因为队伍缺经费，民国政府不给军饷，又没有明确的前途。于是，一个骂对方土匪强盗，一个骂汉奸，三舅最后还拿枪打了大舅，打中了腿，大舅回击，但只朝天开枪。枪伤好了后，大舅走路也还是有点瘸。

族里人大部分都回到了家乡。就是战乱，也还是自己的家乡好。我没打算去和妈妈一样去朝见汉奸大舅。本来想去看看三舅的队伍，听说他们目前很困难，缺枪少人的。后来知道他们行踪飘忽，就算了。

我没怎么在百村停留，我听见母亲说大舅本性善良就来气。一天深夜，我不辞而别，那个夜晚月亮很圆，拿现在的说法就是荷尔蒙分泌水平很高。我叫醒了红红，就和红红一起去了上海。

其实，红红在我的记忆里，也有着不同的版本。有时候，她以绝对的疯子出现，有时候，她又是一个比我正常得多的人。我没和她发生过真正的关系，我似乎只在过去陪她流浪的岁月里，在深夜的尽头亲过她摸过她的身体。也许，我们的人生，在不同的时刻就有过不同的版本。时空会扭曲，谁让我们的脑子是肉浆更容易扭曲来着。

母亲在重庆的时候因为失眠开始抽烟，后来又改抽水烟。反正，我开始讨厌自己的亲生母亲了。我觉得她没以前好看，虽然还说不上色衰，但我讨厌她那种有奶就是娘的态度，好像谁让她活的容易，谁就是她的父母。

临走前，我单独去宿城看了赵大少爷。目前他已经是一家之长，赵老太爷死在了南下的避难途中。他又给了我些路费。他的脸色看起来没以前好，据说他染上了鸦片瘾。日本人本来是找他做宿城市长的。他坚决闭门谢客，不做汉奸。他这次看见我，也没了以前的热情，有几次努力翻了翻眼皮看我，好像那眼皮都很重。我快走的时候，他忽然久久地摸着我的手，说，对不住，没送你去美国留学。我说，我要去上海发展了。大上海就是我的“美国”。

临到门口，我突然提出，要去看看赵家养的马。他陪我去，夜色有点黑，我分辨了半天，发现七八匹马里，有黑马，白马，灰色的，雪青色的，就是没枣红色的。我有点丧气，就问赵大少爷，这里没有一匹很特别的枣红马吗？你们家的枣红马很有名呀。赵大少爷说，近二十几年来这家里从来没有过枣红马，因为他特别不喜欢枣红马。也许再早以前有过。他说，他发誓，这些年里，所有的枣红马，肯定不是来自他家。

我姗姗离去，觉得思维因此特别混乱。我真实的或者梦境中的枣红马不是这个地方来的。不过，就在我回首一望的时候，我突然发现，那里面起码有三匹马，已经变成了枣红色，并发出一种逼人的寒光。

世界就是这样，和那些从没有人真正写完过的离奇小说相仿，充满虚构和伏笔。

六马叫我和红红先去上海闸北的一家小旅馆等他。我们等了三天，他也没及时出现。我和红红为了省钱就只要了一间房。她睡床，我睡地铺。厌烦了再交换了睡。

红红则一点也不担心六马没来。我看见她脱了长袜，把腿架上椅子上晒太阳。还看见她赤裸着下半身在屋子里晃老晃去，说是让私处晒晒光线。她的腿越来越有绝代美女的味道，我得把口水努力地一次又一次地咽下去。这个远房表妹真的很骚情。

有一个半夜，我听见红红的床上有动静。我没开灯，我很熟悉那种声音，很像我们小时候练武的时候，那种拳脚相见的摩擦声。我的兄弟来了，他就是这样。我努力催眠着自己，逼自己去梦里找那匹枣红马，就是找不到马也不睁眼去看他们俩的好事。

他俩的节奏真优美，好像是在荡上海洋房花园里的秋千。那么从容不迫，又如饥似渴。既可以说鸟入森林，也可以说河归大海。有一会，好像是红红翻了上来，我看见她张开了双臂，抖动的乳房，好像一对活了的苹果。

后来，我开始做梦，再一次梦回宋朝，六马和我，牵着手流连于京都青楼，听女人们弹琵琶，谈论诗词和梁山宋江。那些妓女都长得特别纯情，眼神里埋着钩子。于是，我的浑身布满超越肉欲的欲念。

接着，从那座青楼的四周，我还是听到了红红的喘息，和我在重庆亲她的时候完全不同，这时候有点像一种抽泣，具有宋朝特色。六马看来一定是床上高手，他持续了很久，还反复折腾了几次，都不见大喘气。不到黎明绝不安静下来。对他来说，做那事情，就像开枪。

上海的夜色真好，透进来那么一点二点，让我明白，宋朝的青楼窗口的月光，早已苟且到现在，和我们的民族性一样已经不再朴素，也不再艳丽。日本人就在外面横行，我们自已的空间里剩下的全是腐朽与压抑。投降主义泛滥，还美其名曰，曲线救国。

7

第二天早上，我还是没见到六马真身。红红也不见了。我就当这晚是一个梦。但是，我看见六马留在桌上的字条，说让我在这里再住一周，直到一个叫腊月九叔的人会来专门接我走。

生存和死亡，对那时候的我，其实不是什么特别困扰的大问题。那么多人都死了，再死几个，也不会加深这个国家的残酷和苦难。我决心，跟着六马，为这个国家，尽一点薄力。

等到腊月九叔后，我真的开始执行了几次任务，不过依然没见到过六马。也许是我的级别不够，还是为了我的安全，或者他在锻炼我的耐心。我一直没有被发枪。几次任务我都是跟踪人，不需要做任何进一步的行动。还被派去南京几次。有一次还真是骑了马去，我一路快马加鞭，像个清末装洋蒜的侠客。然后我把马拴在城外的一个联络站。进了南京后就是在南京的马路上乱逛，也没找到接头人，就回来了。

最冒险的一次，是跟腊月九叔去偷运物资。我跟着他，他开一个大卡车，过了六七个日本人的关卡。我们不停地出示各种证件，对日本兵不停地鞠躬，对日本兵不停地挤出我们脸上虚假的笑容。一度，我觉得日本兵还算客气。若不是心虚，我真以为这是一次浪漫的旅行。所以，我一点也不紧张。事后，我才知道，那一卡车里，有不少黄金和药品。被翻出来肯定死罪。我这才有点后怕，手心里微微地冒汗。

还有一次，我被要求一连七天去跟踪老同学陈艳芳。她现在已经不演电影了，成了上海滩有名的交际花。我被要求，一要化妆，不能被陈艳芳认出来，二要记下她每一次见男人的细节。有一次走得太近，我估计陈艳芳都认出我了，但她翘着下巴，完全没有把我扮成的小阿三放进眼里。

还有，她穿高跟鞋的样子，真是一种绝代风华。鞋跟响起来，我的心却总是很快沉到了底。

听腊月九叔说，六马躲在上海租界里。他希望自己是一个神奇的影子，一个日本人永远找不到的影子。

8

“文革”的时候，专案组审讯我的时候，总是问我是怎么杀死陈艳芳的。他们对这个民国著名美女有着一种特别的好奇。甚至暗示，是以前她的一个电影明星同行，如今的高级官员，特令他们一定要调查清楚的。还问我，杀她的时候，有没有看见她的日记和书信。

我跟他们说六马这个人，这个抗日大特务，戴先生的得意门生，当年是如何的神出鬼没。我说那是六马干的。我只是在外面放风。我真是连现场都没有进去，详情都是以后看报纸上写的。

他们好像完全对六马没有兴趣。或许，他们不相信有六马这个人。我跟他们说，六马后来也加入了革命队伍。他在长沙的时候随所在队伍起义了。不过他换了一个名字，后来终于在朝鲜战场和我重逢。“文革”时候，六马早已人间蒸发多年，对于他的死法，我至少听到了三种版本。

但是，他们说，六马是我虚构出来的。大表哥牛来那时候也被他们关着，他们说牛来也不承认自己有过这么一个叫六马的亲兄弟。王文姬那时候犯了大事，成了一个著名反革命集团的重要成员。牛来将军都因此受连累入狱。所以审查小组很想从我这里找到突破口，找到王文姬早在三四十年代就已经叛党投敌的证据。

他们说陈艳芳那时候就已为党工作多年，收集了很多非常有价值的情报，营救过我党被捕的重要人物，为我党作出过杰出贡献。他们已经掌握有王文姬被捕后叛党投敌的证据，当然应该就是王文姬安排我，做的这个灭口。因为王文姬早就叛变了革命，陈艳芳手里有那个证据。

另外，他们也喜欢我用一种特别赞许的口吻用尤物说起几个民国女人，甚至这么说自己母亲。觉得那种变态很可爱。我和他们的关系，慢慢地变得有了点交情。

我知道宋朝的赵飞燕那是堪称尤物。虽然我早就知道赵飞燕是汉朝不是宋朝，但我依然一直那么坚持的以为，赵飞燕是宋朝的标志性尤物。她可以站在银盘子上跳舞。我还叫陈艳芳是高大型尤物，我母亲则是狐妖型尤物，还有红红，是神经错乱性尤物。

他们因此叫我“宋朝尤物”，甚至在审讯记录里都这么直接写，宋朝尤物今天交代了什么什么。还答应真的带我去内蒙古大草原看马。我问他们新中国几十年了，那里还有没有野马群存在，他们说这个东西有关国家机密，要去向上级打报告才能告诉我实情。

我说，我喜欢枣红色的马。那是由烈士们的鲜血染红。原来我还喜欢过黑色马，但最后还是被枣红马彻底征服。那么多人还有那么多枣红马都牺牲了，换来了我们的新中国。

第四章　表哥六马

对我来说全部古代就是一个美女

她的衣服一页接一页剥落

1

宋朝准确的是在公元960~1279年之间。这个朝代由于和我的幻想有关，被我认为是一个最最诗化也最最悲切的时代。历史事实是，宋朝是中国最积弱于外族的时代之一。宋朝大将杨家将，岳家军的故事也基本都是演义而成的大英雄。但这依然不妨碍我总是热爱和渴望返回这个被文学家夸大的朝代。

我喜欢赵飞燕那样身轻如烟的产自汉朝却活在我的宋朝的尤物皇后，喜欢杀妾的宋江在浔阳楼上癫狂地写下反诗，喜欢杨家将里个个比丈夫凶猛的女将。就算有些杜撰，也不妨碍我因此而对宋朝产生的病态向往，而且延续一生。

我和六马活跃在日本人铁蹄下的旧上海已经是公元1940年之后。夜半，当我孤独地蜷缩在某个藏身之处，我总是想象六马会来敲我的门，他怀里搂着宋朝的歌妓，背上背着宋朝流行的兵器，对我说，我们喝水酒去吧，我们去听李师师弹琴。

六马，小时候就向往拥有中国最美丽的女人。他自己的样子，没有我和牛来清秀，甚至后来有点越长越阴险。他在上海已经参与策划了好几件名扬全国振奋抗日人气的大事。

因为有家传的武功，江湖上把他的身手传得很神。说他可以像崂山道士那样破墙击敌，还可以像展昭一样飞檐走壁。日本人和汉奸特务一方面公开否认有这么个人物的存在，一方面又在积极秘密地寻找他的下落。汪精卫去南京后，他更是领到“铲除汉奸，杀一儆百”的秘密任务。六马一直没给我发枪，在很少的和我会面中，他总是对我说，兄弟，国家会有用你的那一天。

除了红红，腊月九叔说六马在上海还有别的女人。在这方面，他似乎也得了戴老师的真传。因为他派我去跟踪陈艳芳，所以我也一直怀疑他搞上了陈艳芳，圆了他年少时代的大春梦。

那时候，我们这些人活得太危险。随时又可能丢命。所以，现在我特别理解那些及时行乐的人。有一天，六马还带我去找个在租界有名的私娼柳姑娘，他则在外面一边抽烟一边等我。那个女人腰功特别好，让我的身体好像在荡秋千。以前只看见六马和红红做的时候有这种节拍。她看我比较稚气，对我还颇为怜惜。

事后，六马说，抗日同仁们应该不光在精神上，肉体上也应该互相支援，要旱涝互解。还说给她的钱可以公款报销。因为，这个妓女也是我们外围的同志。他支付的其实是她的情报费。

爽快完后，六马带我跟他执行了一个相当危险的任务。他依然没给我枪，只让我在远处望风。他一个人冲进了一个澡堂，向一个昔日富商，今日上海滩还算有名汉奸的头上连发五枪。那人裸体死在了澡堂里，其他人泡在血水里，半天后才敢开始惊叫。六马进去前对我说，让我看见他安全出来后就撤。当然，他要失手了，我也撤，不用管他的生死，然后迅速离开上海。

2

这种生涯其实也已经彻底改变了六马和我的身体结构。每天，你听见警笛就会特别紧张，都可以感到心都在缩小。有时候，老听不见这种声音，你还会莫名其妙地期待。老没有这个声音，也会非常不安。

六马总是说，会给我枪的。他还说，做我们这行，联系的人越少越安全。谁都可能会出卖你。在上海，他一直都主要是找汉奸的麻烦，说这是重庆方面的指示。他说轻易不要碰日本人，不然他们报复起来特疯狂。

虽然，有时候我会觉得孤独，但想起六马的话，于是觉得孤独是安全的一种象征。上海对我来说，就是一片淹没我的汪洋大海，后来知道，这片汪洋大海就是人民战争，早晚让日本人完蛋。当然，六马提醒我的是，在别人完蛋之前，最重要的是别让自己先完。我总觉得，这句话，要拿到宋朝给英雄们说说去。

有一天，我跟踪陈艳芳，无意中看见了一个男人的背影，像已经失散多年的大表哥牛来。这世界，长得像的人很多。于是，我很快就把这件事情忘记了，也没告诉六马。直到“文革”时候，别人审我的时候才突然记起，我在四十年代，就见过牛来和陈艳芳接头。

有一天，六马叫腊月九叔给我捎信，说在宿城相见。六马总是说他最不愿意去的地方就是宿城，他和他爸早已断绝关系。据说，大舅还在找他的线索，要把六马举报给日本人。

在宿城中学碰头后，我和六马半夜一起去见了赵大少爷。赵大少爷为上海的秘密组织捐了一大笔钱，说是给牺牲的同志的抚恤金的。这时候，赵家已经是全面败落的景象。院子里全是落叶和灰尘，也看不见几个仆人。

六马是代表组织去接受捐款的。他扣了不少钱下来，说这是我和他以后活动的特别经费。在那个同仇敌忾的战乱年代，一样会贪污腐败，应该是我们的民族劣根性。就那天，他给了我把德国制的手枪和 些了弹，说这是给我在自己家乡防身用的。还让我一定要把这把枪藏好，不要随身带，在上海行动的时候会另外再给我枪。

刚拿到枪的时候我特别激动。本来想回家看看母亲的，一兴奋都忘记了。或者，我是不愿意经过黑河上面的那座老桥。那上面有日本兵站岗，大家过的时候要向他们鞠躬，能少鞠一躬就少鞠一躬吧。

晚上，我抱着枪睡觉，还硬了大半夜。最后，爬起来，把枪藏到了赵家古玩店的阁楼上，以前，我和赵三姨太在这里偷情。藏枪的时候，我觉得气氛比我那次失去童贞还刺激，还让我回味。

在回上海的路上，我又和六马谈论了一下宋朝。六马说他喜欢春秋战国时代。说那个时代够远够乱够给英雄舞台。他一点也不喜欢宋朝，说宋朝开始，汉人的血性就越来越差。我说，你不喜欢《水浒传》吗？里面的人物够侠义够血性吧？他说，那是小说。要是单说这些老书，他更喜欢《三国演义》。《三国志》也不错，比《三国演义》还真实。

六马说，和我一样，如果要给他选择，他说他也宁愿活在古代。今日的中国，被日寇蹂躏，满身创伤，让他目不忍睹，还随时有丢命的危险。

我说，宋朝也有危险，和辽金的战争输多赢少。三国更可怕，全是奸雄们之间的大砍大杀。唯一让我影响深刻的是曹操的诗歌。那句“对酒当歌，人生几何”震人心扉。

3

直到今天，这么多年过去了。我一直没弄明白六马为什么一定要亲手杀陈艳芳。这个问题让我一想就想了几十年，想成了心底一块特别大的石头，一想就立马郁闷。

如果就论姿色，陈艳芳的确应该是我这一生中见过的最华丽诱人的女人。她的女人味道特别浓，就是略显高贵，神情里有一种拒人千里的冷漠。在上海，一直传说她混迹于日本高级军官里面，给一个日本皇族军官做情人。还说，背后还有一个上海著名的汉奸特务头子做靠山。后来又传说她和最北方的苏维埃还有联系。简直复杂得让我算不过来里面的交错关系。我跟踪过她不少次，反正就是看她在一些男人之间跑来跑去的，就像一只蝴蝶，也从没有看出过什么特别惊险的情况。

有一段时间，组织里突然有很多人被捕，被枪毙。六马都躲回了百村老家。六马非说是陈艳芳干的。这么多年，我一直推理，如果是陈艳芳干的，六马作为她的老同学，这么熟悉，怎么会放他逃脱？

六马先跟我说，去杀陈艳芳是得到重庆方面的指示的。我和他一起潜回上海行动。六马还去一个秘密点上给我也取了把枪。我跟他重写了陈艳芳一贯的活动线路。

六马杀陈艳芳是在南京路的上海饭店。等陈艳芳的日本情人下来后，他一个人上去，我则戴了顶鸭舌帽拉了个三轮车守在路边。等了很久，我才听见了三声枪响，然后六马匆忙下来，对我发出撤退的信号。

第三天的报纸才登了陈艳芳的死讯。六马一直回避跟我讲，他是如何杀陈艳芳的。一提这个女人，他就会很生气。直到在朝鲜战场，我和六马在志愿军的战地医院意外重逢，他跟我讲了一些细节，那是另一个陈艳芳死亡的版本，我也是坚决不信。我只知道，六马杀陈艳芳其实是先斩后奏，很让他的老师戴先生震怒了几天，他还被降级处分。

至于六马有没有搞过陈艳芳，也一直是我心底的谜团。凭我的直觉，六马应该搞过陈艳芳。因为六马一直说，陈艳芳就是外表傲气，骨子里很骚的女人，有的时候还会说她是高级妓女。至于六马有没有爱过陈艳芳，我想年少时代，六马一定似懂非懂地爱过这个绝色女人。至于后来，两个人的经历都太复杂了，爱情这东西都是不能帮他们而只能害他们的人生毒药。

我一直猜陈艳芳是真爱她那个日本皇族军官情人的，我跟踪她的时候，见她去书店买了不少日本书学日语。而且，有限的几次见到她和日本情人幽会后，她脸上露出的微笑很满意也很诚恳。

陈艳芳一死，她的故事就成了上海滩上永远解不开的谜。一个绝色美女，就这么消失在上海抗日的洪流里。即使是我这个当事人写的东西，也没有给出任何一个说得清的理由。如果一定要把吴庆生说成一个往事，我觉得有关陈艳芳的这个往事更迷人也更让人烦恼。我演的是人生，她演的是人生的戏，她演得比任何演员都精彩。

4

终于要说到我的第一次被捕了。那一次行动我不是跟六马去的，是跟另一个从重庆特派的杀手。我也带了枪，依然在外围活动。我们中了汉奸特务的埋伏，杀手当场中枪牺牲。我一看情况不妙，就把枪扔进了一堆垃圾里，转手要逃的时候被几条大汉扑倒在地。

后来，大家传我还当场尿了裤子，我确定，尿裤子这个细节是谣言。不过，我一点家传功夫都没来得及用或者就没想用。最后我被套进了一个大麻袋，扔上了一辆大卡车，被带去了某一个以号码著称的阴森地方关押。

记忆里，我似乎没怎么被毒打。一开头应该有两次简单的拷打。但那种气氛很让人腿软。后来就一直被关着，没人理会。但老是听见惨叫声，我觉得这样其实还可怕，比直接拷打自己更折磨人，让人有屈服感。“文革”时候，审查小组也喜欢追问这个细节。他们还让我承认是陈艳芳通过关系营救的我，让我在他们写好的书面情节上签字。我跟他们说：“陈艳芳那时候已经被六马杀了。”他们根本不相信，因为他们不相信有六马这个抗日英雄的存在。

其实，那个号码机关再关我几天，我可能就要交代了。我在梦里已经找不到那匹可以随时带我远走高飞的枣红马了，它抛弃我了，所以我也不想再坚持下去。

几十年后，审查小组在这个问题上，曾经和我拖了半个月的时间，他们一再否定我是如何出来的。我为此已经写了五六个不同的版本。自己都弄糊涂自己了。现在，我就说说那个最靠谱的版本吧。

据传，我母亲去睡了一个崇拜她的琵琶技术的日本大特务，还把家里名贵的古代琵琶送了人情。大舅也出了点钱。远房亲戚刘大昆则直接联系上了这个号码机关的汉奸首脑。为此，大舅和我母亲美泉，在宿城成立了一个专门只给日本高级军官服务的妓院。这个妓院不公开营业，还有黑狗队守卫。对外说是音乐社，里面的女子学习音乐、诗歌和日语。日本高级军官们不喜欢和士兵们一样排长队找慰安妇。他们说，宿城是一个很适合他们休整的中国古城。

那个日本大特务也喜欢中国唐宋，所以，宿城这个秘密的高级妓院，里面的人被要求常以唐宋风格和情调出现，琵琶和古琴是必练的项目。后来直接挂牌就是唐宋社。而“唐宋”拿我向往的原名长安现名西安那里的方言念是“淌怂”，就是精液泄出。

那些女人有的时候也要穿穿和服。所以，大舅和我妈费了不少劲去秘密招募妓女。花了不少钱和力气，动用了很多说不出口的阴招。我妈则成了这个妓院的管理者，所谓高级汉奸老鸨。

这个事情太丢人，应该是我们家族历史上最大的耻辱，以至于我至今一直不愿意承认是因我而发生的。为了如实地写这个故事，我不得不面对这些过去。我妈和我大舅虽然从虎口救了我，但我从没有一丝一毫感谢他们的意思，我宁愿死在那个号码机关里，甚至就是做叛徒也不愿意他们这样去救我的命。就从那时候我开始更恨他们，杀他们的心，就是那时候开始有的。

5

能全身毛发无损地离开那个号码机关，我似乎也是写过保证书的。这样应该就是叛徒了。虽然我从不承认在那个特务机关里有过任何的屈服。不过，我真的没交代任何真的线索。他们一直在追问六马，最动摇的时候，我则差点把腊月九叔出卖。但我的记忆混乱。没发生的有时候也当发生的事情记忆。

后来，在苏州，我看见了腊月九叔的背影。他看见我就赶快走远了。我确认他是好好的，才得以确信他没有被我出卖过。我脱离了组织很长时间。也不想去找他们，还怕被他们当叛徒处理了。

有半年，我都觉得有人在跟踪我。为了摆脱这种被跟踪的感觉，我心中想真正地杀几次人的念头越来越强烈。

回到宿城后，我又莫名其妙地病了。我搬到赵家和赵家大少爷住了一些日子，说是养病。我不想和大舅和我妈有任何来往和接触。我知道他们会觉得我忘了他们的救命之恩。那些日子，被我自己形容成一段难忘的花痴岁月。在战争岁月里，我居然有时间，在床上和我所喜欢的女人共渡月出月落。那肯定是我人生中的最美好岁月。但也是赵大少爷的末途。

那段美好时光大概有一年多的时间，日本人也已经和美国打了起来。终于，全世界都开战了。而我在这一年，忘记了自己誓死抗日的誓言，我没马上去做一个汉奸，估计都是身上碰巧遗传了祖上最坚强的一点基因。当然，我知道，一些小汉奸也是在战乱年代，生活得不容易，找碗饭吃而已。

那段时间，我的两段艳遇构成了我的黄金岁月。我这个人肯定够贱，国难当头，那么多人流血牺牲，我却觉得最重要的还是风花雪月。自己怎么说也曾经杀敌报国过，但始终却是最怀念这两个交叉纵横的故事。

故事是什么？我想故事就是故事的父母不小心生下了一个小故事，然后慢慢长大。

6

我是在宿城街头偶遇的上海著名私娼柳姑娘。以前她在上海叫柳姑娘，现在她说其实她姓夏，我应该叫她夏姑娘。她和我一样脱离了组织。我问她原因，她说六马想杀她。我说这里可是六马的老家。她说，他爸不是在这里做市长，还要把他交日本人吗？这里肯定不是六马的地头。我不怎么信她说的这个理由。我怕总觉得，在宿城走路，随时都可能肩撞上压低了毡帽的六马。

以后，我多次在夏姑娘租宿的房子和她幽会。她美妙无比的腰让我迅速地恢复了一个热血青年的所有对性对女人的激情。那种激情在血管里飞速穿行，一个小时内就结束一个几万里的长征，哪怕有雪山草地。

我成功地把部分爱国激情转化成了荷尔蒙。在我的回忆里，夏姑娘几乎是完美的，像天上下凡的仙女。那种感觉类似我总是躲在树丛后偷看放浪的仙女在湖心沐浴。她的裸腰固执地一辈子出现在我的各种性梦里。那才是一个令男人销魂的人体天桥。你走上去，远方于是就尽在脚下，每一个台阶都是都是温柔乡，每一次攀登都能带你直入云端。

如果说我对她也有爱情，那爱情应该来自于当她在宿城第一次和我做爱后拒收我的钱的那一刻。除了她不开心的时候，会提六马比我强很多的性爱能力来刺激我，她在我记忆里应该是基本完美的。

我还问赵大少爷要了关门大吉的文物店的钥匙，去那里和夏姑娘找感觉。我知道我有把枪藏在了那里。那个枪给了我莫名的冲动。

她用腰把我送进那辽阔的云层的时候，我几乎又快看见我的那匹不死的枣红马了。就差一点，我知道下一步就是那匹枣红马的头会一下子探出来，但是我憋不住了，射了很多。于是，我会想，要是没有日本人来打仗，这花好月圆的宿城该是多么浪漫的地方。

夏姑娘说她是西安人，就是我常向往的那个长安来的。她说她在西安的时候爱上了一个去西安旅游的意大利人，然后跟他来了上海。他答应要带她回佛罗伦萨。其实她也不知道佛罗伦萨到底怎么样，但她特别迷这个名字，觉得肯定比苏州杭州还天堂。等他玩腻了抛弃了她，她于是就地开始用身体向租界的外国男人们开战报仇。有两年，她只接外国客人，口语还练了不少。上海沦陷后，她觉得她比很多中国男人都爱国，一个拉皮条的，就介绍她加入了组织。

她一直不喜欢为六马他们收集情报。主要是觉得那些情报就像是满天飞的谣言，几天里一变，连她自己都难以相信。她觉得应该也给她把枪，直接去解决问题。

在和我一次做爱后，夏姑娘也给了我一份免费情报。她说陈艳芳不光给日本人工作，还给苏联人，共产党人和六马送情报。六马上了她，所以在她那里走漏了一份重要情报，导致重庆在上海的一个重要人物被日本人抓住杀了。所以，他要杀她灭口。这个事情现在还连累到她，也是她脱离组织的一个原因。

我还是不怎么相信她。我只愿意和她一往无前地做爱，享受那种刀砍脑袋也不停止的游戏。我身体有关性爱的所有的潜能都被夏姑娘激活了。而且，我一次比一次熟练，有技巧，在进步。我懂得了一个道理，就是不要去控制她的腰，应该给那腰以最大的自由，然后，你就成了这个女人飞翔的翅膀，或者说一匹羽马。

岁月里总是有被我们忽略的惊喜。只要有了她的腰，她迷离的眼神，她脑海里那些不着边际的故事。她，成了我对民国那个时代最艳最伤感的回忆。

所以，当她决定要去我妈开的那个高级妓院的时候，我对我妈妈和大舅的怒火不由得又添加了一堆干柴。我知道这里面一定有名堂，我也不想揭开这个名堂的谜底。

7

我同时还交错着的另一个艳遇对象是和赵家的一个远房亲戚，一个去过南洋留学的小姐，她也姓赵，在家里排行老三。所以我叫她赵三小姐。当然，她和张学良将军的赵四小姐没一毫银子的关系。她样子特别端庄，直到现在，我还没见过比她更端庄的女子。

我觉得赵大少爷是怂恿我和她来往的。他甚至暗示我，有机会还是可以送我和赵三小姐一起去美国。

每当我和夏姑娘酣畅淋漓地做爱回来，我最想看见的就是赵三小姐。我试图用眼神去告诉她，我刚才的快乐，我在民族国家危难时刻找到的幸福。我不想和赵三小姐太接近，要不是兵荒马乱，我觉得她这种特别端庄的女人应该是一个可以娶回家的人。

我们之间话不多，但我特别享受，和她擦肩而过的瞬间，还老觉得她的头发会擦着我的头发。然后，就会有电流在我们之间流淌。那也是一种快感，说出来和夏姑娘给我的完全不同，如果夏姑娘的那种是烈日，那这一种就是和风。我觉得这是世界两种完全不同的道路，都是让你走过后，觉得没白来人世的那种羊肠路。

只有一次，我差点亲到赵三小姐，那是她要我教她骑马。当然，这件事情也是赵大少爷安排的。我把她抱上了马。但我太专注于承受她的身体，没有感觉到一丝的邪念。当然，那时候，一点点肌肤之亲已经不能刺激我了。我也是老手了。

只是我闻到她发间的一种清香的时候，还是走了一下神。我对她说，马是世界上最漂亮的。她笑了笑，说她觉得最漂亮的是云雀，一飞就入云了。她这句话，不知道是不是被马听懂了，然后，她被马甩了下来。我接住了她的半个身体。然后，我碰到了她惊慌的脸。

我听说她在南洋的时候也差点被日本醉兵强奸。其实她的端庄下面也许躲满了这种惊恐，让我不得不也感到惊恐起来。我把想亲她一下的嘴收了回来。在那天剩下的时间里，我的脑海里，全是以前去执行任务时候的画面，我还看见了六马朝陈艳芳开枪。陈艳芳什么也没穿，但身上盖了床真丝被子。乳房露了出来。这画面那么清晰，好像当时我就站在了他们窗外。

我又想起了枣红马。真想送一匹这样的真马给赵三小姐，让她在碰到坏运气的时候可以迅速远离。

8

只是某几个黑夜，尤其是看不见月亮的时候，我又会想起我在上海的兄弟六马。我总是想像他，身子向前微微弯曲，眼神冷酷俏丽地走在人群中。杀人的时候，他基本不再使用他的武功，怕留下任何特别的痕迹。

不过，他本人的形象没有传说中的那个高尚，或者，他是故意装成一个地痞英雄。我记得他说过，为这个破碎的国家，把脑袋别在裤腰里，和为了女人把脑袋别在那里，是一个出息。

不知为什么，从他眼瞳里，我一直能看见陈艳芳。就是在朝鲜战场，和他偶遇，我还是看见那里面，躲着那个高大的女人。有些人，一辈子逢场作戏，却只爱过一个女人，我就是那么定义六马的。我自己应该不是这种类型。所以，我一直相信，陈艳芳，就是六马枪杀的。只爱一个人，肯定也是只恨这一个人。爱情的极致，就是毁灭。

在宿城，我和我妈和大舅是断绝关系的。虽然赵大少爷劝了我几次，说我妈老了，她也不愿意做那件事情，说我应该原谅她。但我怎么也做不到这一点。我甚至这么想，要是我真的活在了宋朝，也许，我就能放下这种耻辱。因为宋朝人民脸皮厚。但是，我没有活在宋朝，所以，知道我死，我想，我都不会原谅他们。

这一坚持，也动摇过。那就是，有一次深夜，我刚从夏姑娘那里出来，一个人孤零零地走回赵家的时候，我在一个小巷子口看见了六马，我没有向前和他招呼，我一直躲在黑暗里。因为，我还看见了另一个人，那就是六马自称要亲手杀掉的宿城最大的汉奸、我的大舅、六马的亲爹。

我绝对没有看错。他们俩低声交谈了好一会，然后我看见大舅把一包东西塞给了六马，六马揣进了怀里，然后一闪，就不见了。他消失得比以前任何时刻都快。我特别留意了一下大舅的脸，他目送着六马，那表情里一点也没有要把这个人交给日本人的恨意。

我做的那行，给我的人生经验就是，关键时刻，谁也别信，包括你自己。这个世界，可能本来就是造物主的长篇小说，是他的种种矛盾百出的虚构，让我们活在一些更大更空虚的虚构里，如同，我对你们亲口说的这些往事。

如果你坚持不相信这个故事，宿城，百村，以及我的兄弟六马，也不要紧。请你和我一样，在每年的清明，找出一张真正的民国地图，关上灯，点亮蜡烛，在江苏地域，你一定会发现那个叫宿城的城市从原来没有的地方慢慢地出现，边上的一条一闪一闪的线就是黑河，最后流入京杭运河，在那里熄灭。当然，前提是，你要有一张真正的民国版本的老地图。

或者你找到埋我的地方，对我说，骨头骨头开个口。数不清的野花会替我向你们问好。数不清的过去，变成三文鱼，会向你的脑海游来，或许，真还有一匹会叫我名字的枣红马，会带你去传说中的江苏百村。如果你是一个男人，还会有一个朦胧的尤物，会和你交欢。

那么骨头骨头，开个口吧。

第五章　烟花

谁在凋谢谁的故乡在凋谢

谁的爱情快埋好

1

赵大少爷死的时候，我是在他床边的。他临死前，还试图直起身子，对我说几句。我只听明白了一句，那就是他说他家这二十年来真的养过两匹枣红马。前一匹失踪了，后一匹被一个日本军官看上，就强要走了。

我知道他这是在向我暗示我的身世。其实，他不说，全宿城的人也早拿我当他的私生子。我自己也这么以为了一些年了。从扎伤赵三少爷后，我基本就确认了这个结果。我唯一不清楚的是，他既可以纳妾，又那么喜欢我母亲，还有了一个唯一的结果，那就是我，那为啥不干脆娶了她，名正言顺的。

赵大少爷出殡的那天，我看见了母亲美泉，我真的很久没近距离看见她了。但我依然是一脸的漠视，把她当成一个从不认识的路人。

赵三小姐那天特别悲痛，她哭成了一朵残破的带泪梨花。母亲和我则都没流一滴眼泪。我和她之间的敌意甚至冲淡了那天葬礼上密布的所有愁云。

然后，我就看见了那匹枣红马，一起和棺材落进墓里。那匹马在土里一点都没挣扎，马的眼睛一直睁着，让我想起六马跟我说的日本人在南京活埋战俘的情景。

我环视周围，知道除了我，还有另一个人也看见了那匹马，那就是我母亲美泉。我是从她的眼神里判断出来的，我甚至从她的眼瞳里看见了马的倒影，红彤彤的。但是，我还是不想和她说话。

晚上回家，我趴着窗口偷看了赵三小姐更衣。其实，在前一些日子，赵大少爷还能下地的时候，我在夜半梦游，看到过这个可能是我生父的人这么做过。我对他痴迷的眼神有印象。知道他在偷看宝贝。今夜我也这么做，就是为了纪念他，纪念他对我的爱。

赵三小姐脱衣服的手势真好看，那天她一身黑。里面则穿了白丝绸的内衣。像剥一棵娇嫩的竹笋，那些过程快速，雅致。她很西式，穿的内衣很透，乳头若隐若现，腿修长，脚踝使腿的线条有了一个完美的拐弯。

我还总想看清她的屁股翘不翘，可惜她的内衣总是盖住了屁股。屁股是女人的另一张脸，六马曾经这么对我说过。于是，我觉得，我的前身，上一辈子，应该就拥有过这样的美丽之脸，上下各一张。没错，她就是我上一辈子的女人。我的上辈子给我这辈子留的阴影，就是这辈子我不会再得到这样纯洁的女人，纯洁的女人，可能就是别人的藏娇。

今生，我除了敬畏地流流口水，一直不敢向前半步。即便如此，我觉得这样地欣赏美，还是减少了我不少痛苦。我开始变得喜悦，想象马的灵魂和赵大少爷的灵魂一起在黑河里游水，追鱼。而我和赵三小姐，则裸着身子，肩上则站着百村鱼鹰，在岸边看他们嬉戏。那些鱼头从正面看也长得像一匹匹马头。里面不少鱼，居然也是枣红色的，

很多年后，我在多伦多一个名叫鲨鱼的水族馆里真的看见了很多鱼头像马头的海水鱼，那些鱼的中文名字叫倒吊，最多是黄色的倒吊，还有蓝色的，花色的，就是没发现枣红色的。

然后，我就逼干儿子老贯给我整了一口大缸。海水鱼养起来很麻烦。这些倒吊还喜欢相互攻击，因为海鱼总是攻击外表类似的鱼，样子差异大了，反而就和平了。它们的武器就是尾巴前的一根小小的倒刺，据说还有毒，所以老有死鱼。老贯负责这一缸海水鱼的日常管理，有了死鱼，就去埋在楼下的花园里，然后再换新鱼。我则负责夜以继日地欣赏它们像马头一样的鱼头。

最深的夜里，我不开灯，我想象自己看它们，就是一群在水里穿梭的马。我还给他们放古琴的 CD，里面的几个曲子号称传自宋朝，但被改变成现代的轻音乐，半中半洋，半古半今，反而

由古典升华成了前卫。我觉得它们能听懂，比我还懂。

2

因为我没有明确的名分，所以赵大少爷死后，我并没有在赵家得到什么位置。但分到了一些钱。我还被告知可以继续住在那里，随便住到什么时候都可以。大家看我的目光则变得更加可疑。

夏姑娘只在唐宋馆里待了一个月，就说要远走高飞了。她临走的时候，又来找我幽会。我们在夜半的黑河边的柳树下面，找了一个平坦的地方。很远处，可以看见一点点黑河桥上站岗的日本兵，枪上的刺刀印着河水和月光发亮。当然，那距离应该有几里地开外，我的眼神一遇到女人就特别发亮。

那时候，我已经在赵家仔细研究过了插图本的《金瓶梅》，实践和理论都到了一个显著的高度。我半坐着，让她坐在我的身上，两腿像一对努力飞翔的鹅翼。我真的不知道，那一次就是我和夏姑娘的永别。喘息过程中，我发现自己对她有爱情了，或者说感情深厚得变成爱情了。我觉得，如果在那个时刻，让我在她和赵三小姐之间选一个做老婆，我会选夏姑娘。我一点也不计较她的过去，美好的女人本来就不应该由一个男人独占。

她还从怀里摸出一个德制手雷给我看，说行动的时候，被发现了，她就和敌人同归于尽。还逗我说，要是今夜她没有舒服彻底，也有可能拉这个雷和我共赴黄泉。我知道她是开玩笑，但也被这句话激励了。另外，这个手雷手感很好，我摸了好几遍，想象了一下它轰然而炸，我和夏姑娘的裸体血肉横飞，这也让我格外兴奋。

太激动的时候，她的声音有点高，我说，别让日本兵听见了，以为我们是游击队向我们开枪，她不停地亲我，要我再来，还说，我们就是游击队。

天亮后，她就走了，临走给我一封信，叫我去上海交给腊月九叔。我问她，去唐宋馆，是有目的的？原来你是组织派来的？她说，你别管，这东西交给六马也可以。她给了我上海接头的地址和暗号。我说，那组织上还相信我吗？她说，一年多了，也没见你去做汉奸，那肯定没叛变。

我后来偷偷打开过信，发现里面是两张旧报纸的剪报，里面肯定有密码。我知道她找到了唐宋馆的秘密，我也不打算研究这个和我母亲有关的秘密。我早就不认识她了。还有，在那个年头，知道的秘密越少，会活得越久。

我自己也决心重返组织，只要国家还用得着我，相信我，我很愿意再为国家出力。说不上觉悟高，就觉得连夏姑娘都能牺牲自我，那我这个丧家之犬怎么就不可以？

3

在宿城赋闲的那段日子，我把我早年热爱过的中国古诗词忘了个精光。我觉得那些个文艺形式，远不如我和夏姑娘的性爱，和赵三小姐的暧昧来得美好真实和让人痴醉。如果人的一生中，一定得找出一段时光，挂上美好的招牌，第一，我会选那个年代的那一年；第二，我会选我在加拿大多伦多养老的这段时光。当我回首往事，就是这些才让我觉得温暖。

最后的这段在多伦多的时光，我又拾起对古诗词的喜爱，特别是宋词，那种豪放，那种婉约，那种清瘦，那种忧郁，那种民族惆怅，无可替代。我觉得我的晚年是特别幸福的，我能养养长有马头状的一群倒吊海鱼，读读发黄的宋词，写写这个无人相信的故事，就是对人生彻底的洄游，和多伦多这里的三文鱼那样，一直往上游，义无反顾，以死证明。我所有的苦难，现在看起来就是一个笑话，没有过苦难的人，如何能知道，实际上，苦难真的就是一个笑话。如同我的外号，宋朝尤物，这个外号，那么可笑。

在宿城的那段时光，三舅也托人来给我传过信，说让我混不下去就去他的队伍。他派来的人说，他们的队伍现在可好了，跟新四军和国民党的队伍关系不错，就是和日本人，也是井水不犯河水。我说，那这是哪门子抗日？还不如我真刀真枪。那个人说，三舅说了，我们中国人，生存下来就是最好的抗日，这是三舅最喜欢挂嘴上的一句名言。还说三舅最近和他枪战过的大舅，不计前嫌，也慢慢恢复了兄弟关系。

有几天，我一个人独坐黑河边，还研究起老桥上面站岗的日本兵。太平洋战争爆发后，这里的兵越换越少，也越来越和气，常给路过的小孩子发糖。当然，小孩子们被大人教育过，说那糖是有毒的。

大舅在那年，还被传得了花柳病。宿城人民当喜讯一样奔走相告，说他的梅毒很重，很快就会全身烂掉。他常常跑去上海治病。另一种说法，那就是他是和上海的日本人共谋更大的阴谋。

我的大舅，牛来和六马的生父，就是这么一个建国后一直写在我档案里的人物，被注明是汉奸市长，被我抗日武装势力枪毙。

4

带着夏姑娘的东西，在上海，我见到了腊月九叔，却没见到六马。我用坚定的目光向我的老上级腊月九叔表示着我回归的决心。但我也想变得和六马那样藏而不露，有城府，所以我的话很少很少。

我被安排住在上海的一个寡妇家里，她那里表面上是个裁缝铺，实际上是个联络站。她有一个聋哑女儿，大约十五六岁。我就喜欢看她一个人静静地待着，做针线活的情景。我觉得要是和平真的来到了，那这样温和又有点缺陷美的时光，马上会充满整个上海。

几周后，我就接到了那个命令，据腊月九叔说，这个命令是重庆绕过六马下的，另外也是对我归队的一个考验，那就是由我去处决宿城的老牌汉奸——我的大舅。他们也觉得我最容易找到机会。另外，由自己的亲外甥处决自己家的汉奸，那对汉奸们该是一个多大的打击，对抗日人民又是一个多大的鼓舞。

一开始，我还有点庆幸这个命令，因为不是我的母亲，她不也在给日本人当老鸨。我虽然杀母的心一直都有，但也只是想想而已。

我反复问腊月九叔，六马知道这个事吗？于是，我不断地想起以前在黑夜里看见六马和他爸在暗处接头的那一幕，还反复回忆里面的各个细节。腊月九叔说，最近六马被招回重庆，回不回来都不知道了。他还知道六马在宿城给过我一把枪，他说就用那把枪吧。

临离开腊月九叔，忽然我想问问，为啥要处决我的汉奸大舅，有什么特别原因吗？那年头，做汉奸的不比做良民的少。

腊月九叔说他也不了解详细情况。他说应该是我带来的夏姑娘的这个情报起了作用。说上面很重视这个情报。最后，他说在河南，组织上找到了夏姑娘的尸体。还说，肯定是我的大舅找日本人下的手。

末了，腊月九叔还意味深长地说了句，她真是一个好姑娘。不知道是不是暗示他还是我，和夏姑娘都有过特殊关系。是的，危难时代，那种扭曲的感情不是现在的人所能想象的性爱。

我心底真的为她燃起了一种熊熊的复仇的火焰，也许，我真的对她有过真情，那种感情可能比爱还炽热。

5

我梦想着骑着赵家的枣红马佩刀带枪地回到家乡。一路上，日本兵都向我立正敬礼。我终于要开杀戒了，还是向自己的家人下手。虽然，我早已经不和伪市长大舅有任何来往。六马总说，无毒不丈夫。真正地做一个大丈夫的时刻，也许已经来到。

我去赵家看了赵三小姐，这个女人总勾起我要娶她的念头，还挺折磨人。她的端庄举世无双。

那几天，她就要启程去西安了。那正是我最向往的中国故都长安。赵家已经残败不堪。让我想起《红楼梦》里的凄美结局。那所大院也要卖了，战争年代，也卖不了几个钱。我很关心那几匹马的结局，还特意去看了它们，喂了它们干草。据说，我的大舅就要派人来带走它们。其实，我记得赵大少爷临走前，关照过，那些马要送给我三舅的队伍的。

几个月前，赵三小姐就问过我，要不要一起去西安，那里她有个亲戚在做国民党的处长。那里起码不是日本人统治。

如果说我一点也不想跟这个我认为中国最端庄的女人一起去西安，那肯定是假的。但我作出没有去的决定，对于赵三小姐的一生，那肯定是非常明智的。日后，她在那里嫁给了国军一个英俊的师长。生了两个孩子，一男一女。国军失利后，他们逃往台湾，孩子长大后都去了美国留学，并留在那里做石油生意，成了一代美国华人大亨。此后，赵三小姐和宋美龄女士一样，在纽约的一套豪华公寓里度过了她美好的晚年。我来多伦多后，才跟她联系上，通过几个电话，她的声音还是像过去那么甜美。就是充满一种沧桑感。或者说，那声音也上了年纪，老了。

后来，我给她写过信，也得到了她的回信。她的字迹和她本人一样端庄。那些字总是让我想起无尽的往事，有的时候，我会对着信流泪，泪珠儿氤氲了她的字，让我觉得人生总有数不尽的遗憾。

当我学会电脑后，我还给她写过邮件。不过她就没有回。后来知道，她已经因为风寒去世，先于我走了一步。我们在异国他乡，也没有再见过一面。其实我们怕见面，都残老了。我总是想，把年轻时候的美好完整地放在记忆里，也是一种美好。

只是最近几天，我又连续梦到了她，在梦中，我和赵大少爷，一前一后地偷看她更衣。那种特别的享受感立刻重回心头，让我在梦里特别舒服。我觉得好的偷窥使人长寿。只不过，在梦里，她穿得好像是宋朝的服装，墙上还挂了一副银色的铠甲。这副样子，让我想起了穆桂英。那个女英雄早早做了寡妇，还要带兵抗敌。

6

我去那个文物店的阁楼找枪的时候，翻找了半天才找到。我擦拭了半天灰尘。还去郊外试一下枪，看还好用不。打响后，我有点兴奋，先想起了赵三姨太，然后又想起了夏姑娘。想着想着，就很硬，觉得自己的身体里也装满了子弹，甚至想去把那个黑河老桥边的日本哨兵干掉。不好意思地说，抗日这么些年，我还没亲手杀过敌人。

现在第一个要我杀的敌人被摆到了面前。其实，这么多年，我回忆往事，觉得当时我要有权选择，我是不会去执行这个有点无赖的任务。

在那个月黑的深夜，我是翻墙去的大舅的相好家，他果然在那里，也没带什么随从保护。这个线索我掌握已久。

我踢开门，想都不愿意想一下，就朝被子里开枪。我不想看见他的脸，怕看见了会影响完成任务。毕竟是亲戚，还是六马的亲爹，他还出力从号码机关里救过我。

枪响的时候，我居然是闭着眼的，等睁开眼，我看见那血喷出来，慢得就像雪花在飘。我打中了两个人，大舅和他的相好都没来得及哼一声。被子成了他们的裹尸布。我换了弹匣又再次全打完，也就没确认他们死了没有。枪声停后，一片死寂。然后，我拔腿就跑。

翻过墙，一口气跑到黑河边，把血衣脱了扔掉，后来才发现自己也流了不少血，第一枪，我握枪太紧，居然射中了自己的脚面，直到这会才开始觉得痛。隐约，我听见了狼狗的叫声，大概枪声惊动了日本人。但那个时候，我一点也不怕，觉得杀人也不可怕。就是让生命突然结束。跟向以后的日子挥挥手诀别一样。

腊月九叔的船就等在河边。他看我也受了伤，就改变了送我去上海的计划，说要送我去百村旁边的留村养伤。

7

日本人开始在宿城和宿城周围开始大肆搜捕杀伪市长的凶手。还有密探开始四处打听，说在找六马。他们居然以为是六马做的。六马为国弑父的消息在方圆百里传得沸沸扬扬。有人赞许，有人叹息，还有人麻木不仁。

我的伤不重，子弹穿过了脚板，没伤到骨头。很快我就能下地了。有一天半夜，我被院门外吵嚷声惊醒。我披衣起来，手里抓了枪。

隔壁的灯亮了，然后，我蹑手蹑脚去看，居然看见了六马和红红翻滚在了床上。红红穿着白色的丝绸，里面露出的肉闪着幽暗的反光。

我的声音惊动了六马，打断了他的好事。他也抓起了枪，我连忙喊，六马，是我。惊慌之中，我瞥见了红红娇小的右乳，左乳藏在阴影里。看起来那里觉得特别面熟。我肯定也摸过那里，一摸就翘的乳头真好看。

于是，我知道我杀伪市长的整个过程，其实就是六马暗中指挥的。他自己下不了手，就找了我下手。六马说，重庆方面一定要他死，他收集我们华东地区的文物，从海路运给日本。最近他连弄了几个国宝，让重庆方面特别震怒。这是夏姑娘牺牲性命弄来的情报。

六马最后直摇头，说，作为当地最大的汉奸，他这个汉奸老爹其实为宿城老百姓也做了不少好事的。他当市长后，日本人的清乡扫荡少了很多。宿城四周再没有过激烈的战斗。甚至有人说，比国民党时候，苛捐杂税还少。

六马说，爹还给过他情报，帮他捞过人呢。我说，我不就是他捞出来的吗？就我个人，他是我的恩人。我杀死我的恩人，就因为他给我们国家和家族丢人了。宁死不做卖国贼，这个口号下已经死了很多人了。

奇怪的是，当说到唐宋馆，六马说那地方是高级妓院是我完全臆想出来的。那地方一方面是日本人的秘密特务机关，一方面就是整合战略物资的，为日本人倒文物则是里面最丑陋的卖国勾当。

我一点也不相信他的话，不过，有的时候，我也不相信我的话。而你们信不信这些充满矛盾和恩仇的故事，也不是问题关键。

比如我和六马，恩仇就是一对难分难解的双生子。人生真是一次残酷的旅行，这句话不知道我是从哪里看来的，八十岁以后，我的脑海，一旦太沉湎于往事，这句话就会像豆芽菜一样在我的耳朵里生根发芽。

8

腊月九叔被捕的消息是一个内线冒着暴露身份的危险通知六马的。六马很慌，他说根本没有把握知道这些同志在里面能抗多长时间。他说我是好样的。上次在上海的号码机关里面起码没出卖组织。

但我们逃跑的时候还是慢了一点，为了拖延时间，红红被上门的日本宪兵抓住了。而我和六马则成功逃脱了。

第二天，红红的头就被挂在了宿城的城门口。下面则贴了告示，重金通缉六马，还画了六马的像，但大家都说，那个画像看起来却像我。实际上，我和六马看起来没有多少相像点。

传说红红死得很壮烈。她扑上去咬下了一个日本军官的耳朵，被日本人当场用军刀劈死了。

我为此哭了半天，半夜想去取回那个头埋葬，被六马拦住了。我说，要不，我们俩就去烧了唐宋馆，让宿城人知道，我们会为红红报仇。

六马没有我这么难过，他说为国家牺牲，是一种光荣的下场。他的神情让我吃惊，红红生前总是说，六马是那个任何时候谁也不知道他在想什么的人。

很多年后，专案小组一再纠缠于这些细节。他们说，是新四军的人处决我大舅的。国民党一贯是妥协派，没为抗日做过几件真事。而红红之死则有可能是我告发的。

我于是再次跟他们讲六马的故事。讲了太多次，他们都有点信了。我跟他们说叛徒其实是腊月九叔，他出卖了很多同志。但腊月九叔早就人间蒸发了，都说他死在黎明来临之前的上海。

我跟他们说，虽然我多次申请加入共产党没被批准，但我必须为国民党为抗日的事情，跟他们普及点历史知识。我跟他们数国民党抗日死了多少将军。光军统就死了几万人。很多大战役都是国民党打的。光靠什么地道战呀地雷战呀，那能打退日本人？他们说我这些就是明显的反党反社会主义言论，可以被枪毙。

我也不顾他们的情绪，继续口水四溅地讲着。

讲到最后，我话题一转又开始讲宋朝，我说，六马不喜欢宋朝。六马是个硬汉，他喜欢《三国志》，我和他在朝鲜战场的战地医院重逢，我和他又用的是新名字。他对我说，抗日时期，最讨厌的就是和我谈论宋朝，宋朝从来对抗外敌都是输，哪有今朝毛主席连美国鬼子都敢打的豪气。而且过去就是过去，永远不会重来。一个人要是老是想过去，那他的将来肯定很迷茫。

我本来想跟他解释一下，说，我想宋朝其实就是解闷，人生很闷呀。过去，我们杀人，被人追杀，现在又继续去杀人，当然要先小心在杀人之前别被别人先干掉。革命就是这种因果。后来看见六马的样子，觉得他抗日抗得有点变老了，就把话咽了下去。

宋朝，那时候的羊肠小路会是什么样子？会不会和我的故事一样，总是在多伦多日益凋零的冬天的旷野里盘旋。

第六章　我的战斗

玫瑰是愤怒的东西

它为死亡而来

1

扔手榴弹炸日本兵的事情，在家乡，直到今天，还活着的人依然以为是抗日英雄六马干的。这件为百村惹来灭村大祸的事情，事实上是我为被日本人劈成两半的红红做的。本来，我脚伤好了以后，准备离开藏身之处去南京执行一个新任务。

那天傍晚，很有点夕阳孤鹤烟波浩渺的意境，我就那么看见那几个日本兵在黑河边的米湖洗澡，他们穿着兜裆裤，样子十分滑稽。有一个还不住地潜水去摸鱼，当然不可能摸到。喧哗声传得很远。里面不住地有孩子般又傻又脆的笑声。最后，我看见里面有一个似乎缺了一个耳朵，于是，我就认定他们这一伙是杀了红红的凶手。

我回我住的地方取了两捆手榴弹，想都不想飞奔回去，然后沿芦苇逼近他们。暮色掩护了我。我接连把两捆手榴弹扔了过去。第一捆先炸的时候，激起的水浪很高，响声则很闷，第二捆则没那么响。炸死了不少鱼，和那些人的尸体一起飘上来。有一只断手则挂在了岸边的柳树上。

我扔的一瞬间，特别有快感。这两捆手榴弹应该把他们杀得片甲不留。所以我都没觉得要再用枪。虽然，我握枪的手里一直在冒冷汗。然后，我比马跑得还快，迅速地离开了湖边。

当时，觉得红红一定在天上看见了我的英勇，在逃回来的路上，我不住地得意着浪笑了好几阵。我终于像一个汉子为了死难的姐妹去正面抗战了，杀日本人了。再不是偷偷摸摸地做点小任务。当然，这肯定违反了组织的纪律。六马知道了，肯定跟我没完。说不定还会毙了我。但当时我就想，管不了那么多。有句唐诗不是说人生得意须尽欢。我的理解是，杀有仇的敌人不难，必须尽兴。

回去的路上，我也知道是闯了大祸。我连夜准备出逃，也不敢去上海，所以时间一直耽搁在想一个怎样的去处上。

多少年后，我脑子里一直会回忆那群手榴弹的轰响。然后，看见一些灵魂，很轻很白，变成了鸟，噗噗噗地从芦苇里飞上天去。那些灵魂，无论是否对这个大地犯下罪恶，都是一种飞的形态。

2

一下子死了那么多日本人，宿城的气氛应该一下子到了紧张的极点。虽然我没有任何特别的感觉。

到日本人包围了百村，把全村人押到家庙的门前开阔地的时候，我依然没有任何特别的感觉。后来，知道日本人这次是下决心去找六马的。因为百村都是六马的家族所在，所谓老巢。

日本人通过翻译告诉全村人，不交出六马，就全部枪毙。前几年，因为日本兵失踪，他们在宿城附近也屠过村，说死一个日本兵，就杀一百个老百姓抵命。这次，他们说，这回只要六马。给了他们六马，他们立刻撤离。他们说有确切的消息，六马就躲在村里养伤。翻译说，日本人给全村人一天的时间。然后，他们就架起了机关枪。还放火烧了几家的院子示威。

等那匹突然出现的枣红马把我带到了百村的时候，日本人已经用刀劈了两个人，其中一个还是十岁的小孩子。他们这次完全疯狂了。好像又变成了南京大屠杀时候的那种野兽样子。带队的日本人通过翻译向全村人说，他只是因为不喜欢那个孩子斜着看他的眼神，他觉得六马就是这样的眼神，所以就杀了他。

我承认我不是主动去救百村人的。我根本不知道百村人陷入了被日本杀光的险境。而且，我当时离百村也挺远，不可能知道日本人已经架好了机关枪。天黑之前就要开始屠杀。

是那匹马带我去的，像梦一样。它从天而降，围着我刨蹄和嘶鸣。我发誓，这匹是我见到过的枣红马中最漂亮的一匹，给我它是绝代佳人的感觉。如果这匹枣红马可以化成女人，那我愿意彻夜和它做爱。给它全世界最高峰的快感。看它那种肌肉的流畅感，让我想起母亲美泉的水蛇腰。还有它明亮的眼眸，又让我想起红红眼瞳里最美丽动人的瞬间。我像摸红红的乳房和坚挺的乳头一样，轻轻地抚摸着这匹枣红马。我那会肯定爱上了这牲口。但我还没有准备好去骑它，和它相爱。

于是，仓促中，我不得不骑上去，像被强迫做一个逼真无比的白日梦。马飞奔起来的时候，我觉得我要去的根本不是那个叫百村的仙境。那种肉体间的撞击，就是男女之间的那种，完全一样。马冲过去，把我扔在了地上。几乎同时，日本人的枪响了。枣红马中了枪，它前蹄冲天高高地挺起，傲然长啸，随后顿然倒地。然后，村里的人一起高喊，六马，六马，你们要的六马来了。

一个日本军官把刀架在我的脖子上，用蹩脚的汉语问我，你的就是六马？我当然不是六马。我哪有他那么英勇沉着。于是我就哼的一声回应着。

翻译拿通缉令过来，对我的样子瞄了瞄，然后过去跟日本人嘀咕。那会，我终于看见那挺架在全村人面前的歪把子机枪了。于是我说，是我！是我炸了那些日本兵。

然后，我就看见那柄日本刀寒光一闪。我昏了过去而不是死过去。是刀背重重地砸在了我的后脖子上。村里人后来说，就在我昏死的同时，那匹枣红马居然刷地一下，就蒸发没了。

至于我到底是怎么救了全百村人民的性命，至今还是一个谜。有没有那匹马，就是在我本人的脑海，也从来都没有一个一致的说法。

但是，百村就在这个事件后，的的确确地从江苏的版图上消失了。当天，日本人没有开机关枪屠村，但他们还是放火烧了全村的房子。

3

往事里，我一度又离死亡是那么近，近得超过你们的眼睛阅读我的字迹的距离。记得六马总说，他是从南京的死人堆里爬出来的，所以，活着的时候，要十分珍惜，要万分当心。

这是我的第二次被捕，“文革”时候的专案组也很关注这一段。日本人这次吊起来毒打了我，我的一只眼睛都被打了个半瞎。大舅的手下过来辨认了我，说我不是六马，是六马的表弟。

他们根本不相信是我扔的手榴弹。也不相信是我亲手杀死了伪市长和他的情人。他们总是低估普通人的抗日决心。但是，他们还是想从我嘴里挖出六马的下落。一度，我也有视死如归的精神，毕竟我炸死了几个日本兵，赔上红红都够本了。

但是再那么被折磨下去，我要是真知道六马在哪里，也许我就跟他们坦白了。主要是那种感觉让我恐惧，好像是在坠入一个永远没有尽头的深渊。但我还是忍耐住了，死都不怕，还怕什么深渊。

我只跟他们说，六马在日本人和汉奸们的心脏里，他是一颗定时炸弹，是一只无声手枪，他武艺高强，神奇起来刀枪不入，他在上海，也可能在南京。还有可能就在宿城。

母亲美泉来看过我，我斜着眼睛瞥见她，她远远地看着我，躲在阴影里，表情冷得吓人。或者，这只是一个梦境。她如同一只越来越老的狐仙，飞一般掠过我的牢房，最后消融在惨淡的月光深处。

那个枪声大作的夜晚，我其实是半昏迷的。我梦见了自己已经屈服了，跪在日本人面前求饶。然后，有人打开了牢房，架起了我，飞檐走壁地离开。

那天晚上发生的故事，三舅是这么解释的。母亲美泉把日本人就要运走国宝的消息分别给了新四军和三舅的游击队。还透漏了日本人放战略物资的地方。并说日本部队去清乡未归，城中守备空虚。那时候，皖南事件后，大表哥牛来已经被派来新四军工作。母亲和他也早有联系。母亲已经得到了我和一批抗日志士就要被日本人当众处死的消息。

母亲以火烧唐宋馆为信号，引来了队伍。结果，新四军在城东遭遇了日本人，激战了半天。三舅的队伍则捡了便宜，劫走了国宝和很多战略物资，顺便还救了我。

但是母亲却死在了撤退的路上。日本人追来的时候，她为了掩护三舅搬物资，和殿后的几个人，打着枪把日本人引进了另一条道路。几天后，三舅的手下才找到他们的遗体，因为腐烂得厉害，就地埋了起来。后来再去找，连坟都没找到。

我也听过别的说法，说母亲是看见我被获救后自杀的。理由是她再也不想亲眼见到我了。我对她太绝情。据说自杀前还留了一封信交给我，但那封信却被三舅烧了。就这么，母亲永远地消失在了我的人生河流里，类似那座突然消失的百村，我少年时代枣红马出没的美丽家园。

母亲她们又是为了救我而牺牲，我活着很累很有负担。我能忍住这种压迫，努力地活到现在，能看着多伦多郊外河流里的三文鱼拼命地洄游，还能口齿清晰地讲故事给你们，是多么的不容易。

人生，就是一种容易的不容易。被我亲口讲出的这些秘密，你听听而已。

4

待在三舅的队伍里，是一种安全。虽然这次他冒险抢了不少国宝，但他都把责任推给了牛来的新四军。不久就和日本人又眉来眼去打得火热，甚至有把国宝还一部分回去的意思。他说，这是长期艰苦抗战的艰难生存让他变得这么有生存技巧。是呀，好几千人的队伍，要吃要喝，没有点手段是不行的。就这样，现在他的队伍号称摩擦专家。和新四军和国军都有着微妙的关系。日本人则也找中间人不停地拉拢他。

作为炸死过日本兵和不惜自首拯救全百村的抗战勇士，我是不喜欢这种动摇的。但我也没有了特别的锐气。慢慢地我喜欢上了三舅队伍的营地。有时候，还跟他们一起去勒索附近的富豪。我们总是找家里有当汉奸的，用血统论逼他们出钱出粮。

有时候，兄弟们会用我去威胁地主，说看看他，就是那个炸死了宿城日本司令的人，杀人从不眨眼。当然，那天我在湖里炸死的最高级别日本军官据说只是一个中佐。这个中佐生前喜欢骑马，来自大阪的一个日本的养马世家。

六马后来看过我一次。那次他脸上多了条疤，说是在南京的时候，被一个汉奸用刀割的。他说事后，他睡了那个汉奸的女儿作为惩罚。作为对很配合的美丽女儿的回报，他没有杀她的汉奸父亲。

他觉得我恢复得不错。那天我和三舅和六马一起在湖边饮酒。湖面上荡漾着荷叶莲花，湖边的芦苇丛里不时地有野鸭腾腾地飞起，偶然还看见了鸳鸯。后来，晚霞倒影在水面，一轮明月又大又圆，像纸剪的一样。战乱时代的生态环境都比现在的中国要好。

六马最后还问起那些国宝，说重庆方面很关心，愿意出钱出枪给三舅，还要许三舅一个少将军衔。

三舅沉吟了半天，看他表情，那个少将有点诱惑力。

5

如果不是我劝阻，三舅或者真会选择把国宝交给日本人。抗战后期，他变得特别多疑和病态。他说他厌倦了和新四军和国军的斗法，不如直接去跟日本人混，可以曲线救国。这个国家谁做主不都一样，谁对他好，他就给谁卖命。我总觉得这是他在发神经病，和我和六马有点时候会犯点花痴一样。

只是没想到抗战胜利来得那么快。使我居然再没有了手刃日本兵的机会了。三舅听到日本人在本岛挨了原子弹，已经投降，心里肯定是一阵的庆幸。我觉得他有一晚上一直在冒冷汗。他要是早一点投了日本人，那现在就是人人得而诛之的大汉奸了。他连忙找人去联系六马，看还来不来得及当他的抗战少将。

只是他后来告诉我，关于那批国宝，他和新四军的牛来在打完宿城后，也有过一个协议。

所以，在那个鸿门宴上，我枪里的子弹虽然早已上了膛，却并不知道三舅到底想让我射向谁。六马和牛来是分别多年后的第一次正式会面。应该说是牛来带的警卫先开了枪，或者，他真的是牛来，后来解释的是走火。当时，大家互骂对方是真正的汉奸，是日本人的特务。

在国共决战的前夜，我们吴家兄弟就为了那批国宝的归宿决战了。六马没有带枪，但牛来和他的警卫带了枪。

三舅向我高喊，开枪的时候，我真不知道他是叫我射谁。但是，当我快速地扫视了六马和牛来以后，我条件反射地向牛来开枪。他清秀的模样变化不大，虽然留了络腮胡子，但看起来就像是一个带了假胡子的伶人。他看见我的枪口的时候，我还是从他的眼神里看见了一种久违的亲兄弟之间才能察觉到的那种亲密的惊恐和悲怨。

我发誓，我开枪的瞬间，又想到了那该死的宋朝。我扣扳机的速度很快，几乎是不假思索，但我想宋朝的时候很慢，那真是一个悲伤的朝代，开国皇帝都忙于自相残杀，和唐朝的开始一样。

我击中了他的肩膀，我没有继续打，我只想他离开。六马也跑过来按住了我。那个夜晚真混乱，吴家在胜利到来之后，开始了自相残杀。

革命是什么，革命就是以亲人的名义，革断自私的亲情，投身狂热的洪流。革命的人道，总是被革命人的不归路。

6

三舅接受了国军的改编，他成了独立旅的少将旅长。那批国宝被运到南京。他的运气也是实在不好。我跟着他的运气也不好。本来，我是要回宿城结婚的，三舅在那里给我找了一个远房表妹。我连人都只是在小时候见过几次。我也跟三舅说过退役，我不想日本人投降后，还打什么仗。六马从南京则给我来信，说要不在南京政府里给我找个文职工作干干。

结果，我连枪都没来得及开，在一个黎明在睡梦里，就成了稀里糊涂的俘虏。这一次，我成了牛来部队的俘虏。由于射过牛来，我混在俘虏队伍里，都不敢向押我们的士兵说自己还有这么一个亲戚。连名字，一开始，我都报的是假的。那时候，他们已经不叫新四军，说欢迎我们这些俘虏加入革命队伍，还说革命队伍连做过伪军的都可以收编。当兵的反正都是穷苦人。

很多年后，我就是这么给审查小组解释我的这段弃暗投明参加革命的新历史的。我跟他们说，我真的没当过伪军，最多算差一点点被三舅拖下水。我杀过日本人，枪毙过大汉奸和他的姘头。除了混乱中射过牛来外，也没机会朝我们的解放军战士再放过一枪。

当时，给我们做思想工作的人是这么说的，都是受苦人，掉转枪口，就是子弟兵了。在问我出身的时候，我没说自己是大地主赵大少爷的私生子，也没说自己的母亲叫吴美泉，只说自己是孤儿。

后来有两个选择，领路费回家和加入解放军。但是犹豫再三，我还是选了领钱回家。回哪个家，哪里又是家呢？我心里一点谱也没有。但是当时我就是想回家。盲目得要死。和那些死了也要往上游游去的多伦多三文鱼一样。

7

第二天，临被释放前的一夜，几个战士突然找到我，把我带进了一个大院子。我以为我是三舅的亲戚的事发了，心里很有点怕。

他们把我捆在了椅子上，就都退出了房间。后来一个熟悉的声音传了过来，有人用家乡话叫我吴庆生。

我就这么在一个特别漆黑的夜晚，再次见到了纵队司令大表哥牛来。我都不怎么敢去看他的眼睛，我知道自己射伤过他，在他和六马之间，我以前早已作出了选择。

那天晚上，牛来给我看了一封用毛笔写的信，内容我现在已经记不下来了。他告诉我，这就是我母亲临死前托付给他的东西，这个东西是我亲生父亲写给我母亲美泉的。也应该是我小时候看见母亲反复端详的那封信。

我没记下来内容的原因是我没有得到那封信，因为牛来说那是党的高度机密，应该由他来保存。

他也不希望我对任何人再提这件事情。我的亲生父亲还是牛来的入党介绍人，是他带牛来走上革命道路的。他就是那个死在外省国民党监狱的蔡老师。以前是当地地下党的最高负责人。牛来说，他才是一个真正的大英雄。大英雄临死前，还专门给组织写信，想方设法传出来，里面居然还提到牛来，就是希望牛来将来有机会能关照我，这个他一直没有想认的孩子。

牛来还给了我一个蔡先生的遗物，是一块田黄玉的印石，是个老东西，有点年代了。还没有刻字，他说蔡先生给它起名“唐宋遗风”，没来得及刻上这几字。说是托牛来给我的。我后来把这块石头改名为“宋朝遗风”，还在西安找了民间高手准备刻上这几个篆字。但是当想到这是个传家宝，自己别作孽破坏了老东西的原貌就算了。

牛来把我的名字改成了吴念蔡，以后这个新名字跟随我展开了新的人生。他给了我一个不错的评价，说我很勇敢，杀过日本兵，还自首去救全村人。说我比六马强，不会再走弯路。

对这件事情，就是我的生父原来是那个宿城不动声色的蔡老师，我一直是不敢相信。我自己也不希望是这个结果，也许我更喜欢赵大少爷一点。我只好奇地追问了牛来一句，说蔡先生是哪里人？牛来说，是西安人。竟然真是我最喜欢的那个长安。

最后，牛来对我说，你来革命队伍来完成你父亲未完成的革命事业吧。所以，你必须留在革命队伍里。这话让我觉得革命事业其实就是我未来人生中最大的事情，好比骑最漂亮的枣红马，飞过中国。

在“文革”时候，我反复交代我这个叛徒汉奸国民党狗特务是如何“混进”革命队伍的，我总是省掉牛来对我讲身世的这个夜晚，这个夜晚里出现的一切太像梦，比那些枣红马和宋朝还不真实，反正说出来他们也不信。是的，我也许或者应该就是老革命蔡先生的私生子。

8

如果历史真是一条长河，如果在历史里我真的去过长安，最好是宋朝的长安，如果那个很不起眼的宿城教书先生真是那个一直坐在长安城墙上的蒙面大侠，如果我真的比所有我珍藏的故事都活得久。如果这些字一直向宋朝出发，却找不到那个可以产卵的源头。如果枣红马，真的能带我去我想去的地方。

在多伦多的晚年，对我来说，安详，空虚，没有恶梦打扰。有的时候，过去一年，就像过去一天一样快。我说不怀念宿城、黑河和百村，那肯定是骗人的假话。

老贯，按他母亲的说法，就是我的亲生儿子。他母亲就是我的第一个女人，我可能的父亲之一的赵大少爷的三姨太，她出国前就有了身孕。她咬定老贯是我的种，但老贯自己不相信，所以他永远叫我干爹。

我也不相信任何一个似乎很确切的关于谁是我的生父的说法。就像那些三文鱼的母鱼，临死前产卵，它自己估计也解释不清是那个公鱼的精子让那些卵受精，变出的小鱼，对它的亲生父亲，又有多少感觉？

虽然以后我一直用吴念蔡这个名字，但也并不代表我有了超超鱼的智慧的生殖繁衍知识。我不想自己想找到归宿一样找到一个最终结论。那些神出鬼没的枣红马，实际上，在我正式加入革命队伍以后，确实没有再来找过我，救过我，或者带我逃离，以至于连我自己也开始怀疑，枣红马不过也就是我的那么多幻想中最美丽也最骗人的一个吧。

或者，我只是在徒步追赶自己记忆里的那匹马，我活了那么久，就是因为每次当我要够到它漂亮的尾巴的时候，时间又把它们带得跑得更远。

我活在虚构的追逐里，我在去一条貌似通往古代宋朝的路上，最后的归宿一定会布满让我们陶醉的各种尤物。尤物是美丽的，是最纯的烈酒，每个人的人生都会遇见他自己的尤物，那种尤物其实就是爱情。

第七章　革命军人

用一条河用一匹马用一本写不完的小说

苦难是艰难的革命

1

应该是牛来的格外照顾，加上我念过书，我成了纵队里的文书。本来，我也要火线入党的。有一次战斗很激烈，用了预备队，还在文职里招募敢死队上前线。说只要报名就算入党。入党这事，牛来嘱咐过我要慢慢来。以前我后悔了好几个月，中学同学王文姬不是早愿意做我的入党介绍人了。那时候入，就是老资格了。牛来还说，要敢于牺牲，但也要敢于活着。我算这是对我没进敢死队的安慰。后来，那个敢死队，上去五百人，活着回来的十五个，全是英雄。

说来真的很惭愧，那次不知道为什么，没有选上我。以后，我为队伍写过鼓劲的快板，还编过嘲笑蒋介石的戏，为报纸写了些前线报道。我佩的是手枪，但就是没机会再用过，或者扔过手榴弹。反正，后来，我们的队伍势如破竹，总是赢，那些蒋匪军也太不经打。不过，好多战友因此也走了。幸存的感觉有时候会折磨我，类似在宋朝时候，冷兵器的肉搏战中，那种弥留之感，会让我做一些和一堆堆死马有关的噩梦。

有两次，我梦见了六马，他穿着黑便衣，双手执枪向我开火。还有红红，在宋朝变成了一匹身价最高的纯黑野马，我留恋了那马半天，为那颜色为什么不是枣红色纳闷了很久。醒过来后，我还是半梦半醒，觉得接着的大白天，也是一个梦。那几年，我再也没有梦见母亲美泉。在梦里，我都知道，她去了，再也不会回到人间。

横渡长江的时候，我坐的船边炸过几个炮弹，也是有惊无险。后来，我跑到长江边的总统府拍了不少照片，有两张发在报纸上，受到了牛来首长的高度赞扬。因此还给报了功。

牛来后来被调去了东北，跟的首长喜欢跳舞，和跟危险的女人玩游戏。建国后，搞反党集团畏罪自杀了。幸好还没连累到牛来。不过，牛来后来因此其实混得不很有声有色。

开国大典的时候，牛来的领导还很威风。于是牛来，他的胸前挂满了奖章，也在天安门亲耳聆听毛主席用湖南话大声地说中国人民从此站起来了。牛来激动得腿都软了。本来，他要带我一起去东北的。不知怎么回事，我又想到了退役，我跟他说，家乡还有一个媳妇在等我呢。我没跟他去。在部队里，能每天活着醒来，就是一种巨大的个人胜利了。

后来，都说我为了想女人，在杭州附近驻扎的时候，做了逃兵。其实，我是跟上级请了假的。我想回宿城看看，再去看看百村，还能不能再为百村盖点房子，恢复一点原貌。那把火，烧掉了我生命中的不少东西，我想回去找找看，就是和宋朝无关也没关系。

2

宋朝重文轻武。但宋朝也有优点，那就是兵变、民乱最少。这个时代太文化，也太艺术，还流行女人瘦，那个时代一定很骨感，或者说皮包骨是褒义词。

走在新中国的土地上，我忽然有了些反感宋朝的思绪。家乡的气息让我陶醉。街上的各种标语也让我随着时代开始变化。

那些日子，我真的很少很少梦到宋朝。一些女人出没在我的梦境，再也不是穿着宋朝古装，而全是黄军装，英姿飒爽的厉害，没有了刻在我记忆底部的尤物风情。

我似乎去过宿城，也换了一个名字。里面最主要的街道以宿城最勇敢的解放英雄、特等功臣命名。就是宿城中学，也叫上了我可能的生父蔡老师的全名。但是，我没有能找到那个和我有过婚约的远房亲戚。大家都说她跟三舅逃去了台湾，临逃前还不知道怀上了谁的孩子。

百村早已消失，我是在一个月夜走近了那一带。有多近不知道，反正月亮倒映在黑河上面，很难闻到这里有过战争和杀戮的气息。然后，我走着走着就睡着了，我梦见了红红，夏姑娘，陈艳芳，王文姬，还有赵三小姐，最后一个是我母亲美泉。我叫她们尤物，她们也叫我尤物。我们尤物长尤物短的，大家庭气氛好浓。

最后，我还梦见了六马，他说他在一个叫长安的地方，养马，专养枣红色的野马。我然后跟他比武，我们在水面上的荷叶间跳来跳去。我打着一套以我名字命名的太极拳，六马则不时地仰头长啸，说用的是一套已经失传几百年的马拳，仿效的是马的动作。

醒来时，我已经回到杭州。那时候的西湖很朴素。我有空的时候常去那里傻坐。很多女人见了我的军装，都对我报以尊敬的微笑。有的女人眼神里有爱慕之意，这一点我还是看得出来。

3

抗美援朝的时候，我是主动申请入朝的。当然，战前动员也是很让人热血沸腾。鼓动人员很能说，那种劲头，让大家感觉，扔颗手榴弹就可以把美国的飞机炸下来。

以前那次没报上敢死队，让我一直很羞愧。我真的很想对敌人放上几枪，让他们知道我也不是镴枪头。虽然是去和我小时候一直很崇拜很向往并差点去留学的美国为敌，让我有点别扭。

不过，我真的不怕死，作为军人，虽然就只往大舅和大表哥牛来身上开过枪，但我炸死过日本人，炸得他们的断手都挂上了柳树。我渴望那种杀敌为国，不怕牺牲的感觉重新回到我的灵魂里。当然，个别同志，说美国有原子弹，一扔大家马上就都去见马克思了。

我个人倒觉得原子弹没那么可怕。中国人民死都不怕，还能怕颗名字叫原子的炸弹。美帝国主义不过是纸老虎嘛。再说，见马克思他老人家，也不是谁想去见就能见的。

而且我是革命军人，我还很可能是著名革命先烈蔡老师的亲生儿子，我喜欢革命这个词汇，觉得用生命去交换，也在所不惜。

政委还来和我交过心。他知道我是牛来的表弟，以前他也跟过牛来。政委一直觉得我是解放战士，也没立过大功，没为人民真正战斗过，流过鲜血，没他们这么革命彻底。

他说打败了美国鬼子后，我们就可以解放全世界。先解放台湾，然后东京，最后伦敦。那时候，我就可以回家乡去结个光荣大婚。他到时候来给我做征婚人。我说，家乡没人和我结呀。

临跨过鸭绿江的时候，冬天已经来临。我们每人背着大概一周的炒面，就那么雄赳赳地出发了。鸭绿江的宽度和黑河差不多。那是个夜晚，我们下了火车，徒步行军。满天的星星，照耀着这批去为朝鲜而战的人们。

4

我的抗美援朝生涯特别短，老天给我证明革命的勇敢的机会总是那么少。要是开枪和射精一样轻易就好了。

我就直接参加了一次战役。那次，我的队伍被要求连夜急行，赶到一个湖边去狙击敌人。

我们急行军走了一天一夜，最后提前了 10 个小时赶到。然后埋伏了起来。美国人的飞机来转了半天也没发现我们。半夜飘起雪来，很快雪就埋了我们。美国人的卡车在黎明时分走进了我们的伏击圈。

当信号弹升空后，我们只有一半的人还能站起来向他们冲击。一半人在雪里都冻僵了，包括我。

但我一直醒着，看着战友们身体僵硬着一次次向美国发起攻击，冲到他们的坦克和卡车近处向他们扔手榴弹。后来，我昏了过去，身边的枪响炮响，让我以为我是回到了一个宋朝的古战场，四周是万马嘶鸣。我和我的枣红马，在千军万马中，一动不动，注视着一场厮杀。

我醒来的时候，已经在后方战地医院。美丽的女护士用极其明亮也极其同情怜悯的眼神看着我。对于那些战地护士，我总是觉得她们真的就是天上下凡的仙女，我觉得她们特别好看，也从来没有对她们用过尤物这样的形容过。其实，她们穿着护士装，才是尤物。

可惜的是，我依然没机会放上一枪。我的冻伤不是特别严重。后来，走路虽然有一点点不平衡，但让我觉得被冻不是一件特别可怕的事情。解冻了以后，你的生命也就解冻了。

但在那个医院，我的的确确遇见了六马。我向毛主席发誓，那个人就是我失散多年，曾互为敌人的表兄六马。

5

应该是六马先认出的我。他包扎了头，而且一直不声不响。不过他一直没表现出来。我是从他那种熟悉的眼神里看出他的。我的六马兄弟，居然和我一样，也响应伟大领袖的号召，来为另一个国家流血牺牲了。

他是在美国飞机铺天盖地的轰炸中受的伤，肩膀和屁股以及大腿三处被弹片擦伤，眼睛和半边脸也被火烧了，所以包扎了头，也一直躺在那里。不过他的伤都是轻伤，很快，他就能爬起来了。

我和他很少聊天。我就知道他在长沙的时候起义了，转了阵营，也改了名字，而且连吴也不姓了，和他的大哥牛来也没有任何联系。

那段时间，六马总是用一种温柔的眼神看着我，就像他以前看牛来放鱼鹰。他总是说，他不喜欢我说宋朝，因为毛主席的时代才是最好的时代。

最后，他又要重回战场了。那天临走时，他对我说，陈艳芳不是他杀的。他进房的时候她就死了，应该是日本人下的手，还叫我要好好干。我其实更关心的是他有没有和陈艳芳睡过，陈艳芳是我见过的顶级的尤物。但话到嘴边没好意思问出来。但我告诉他，我虽然为了红红去炸日本人，但和红红没睡过。不过心里为此一直有遗憾。

冻伤不仅仅是身体被冻，我的心里面好像在朝鲜也结了些冰。我总是冷冷地想起过去，甚至想起母亲美泉，她也骑在枣红马上，来往于宋朝和新中国之间。我甚至想起自己还是胎儿的时候，就那么蜷缩着和母亲一起被马颠簸。两个月后，我被送回中国疗伤，再没有过六马准确的消息。

6

不知道是不是我的脑子的问题，反正有的是道听途说，有的可能就是我想宋朝想得太入戏的时候衍生想出来的。反正，在我的记忆里，关于六马的结局有这么几个版本。

后来，我还专门为此事去信问过牛来，那个时候，牛来还是承认有六马这个兄弟的。他回信说，他查过，六马应该死在1948年，死前的军衔是上校。他不承认有六马这个兄弟是在“文革”期间，也许，他的脑子那时候被红卫兵打坏了，他把六马和我当一个人了。

我的版本是，一是他做了美国人的俘虏，最后在俘虏营里，见到了台湾来的军统老同事，于是重投他们的怀抱。在战俘营里为台湾做了大量的策反工作，弄了很多战友去了台湾，最后客死小岛，据说晚年靠开一家豆浆店过活，终身未婚无后，也再没有回过大陆。

二是他带了几个原来的解放兵拖着不撤离战场，扯着白毛巾等着当美国人俘虏，这也是一个他做俘虏的版本，结果被冲上来的打红了眼的美国人的乱枪打死了。

三是他英勇战死在了上甘岭。因为在坑道里被美国兵的火焰喷射器烧成了灰，所以他的牺牲的确认拖了很长时间。那么多在朝鲜战场阵亡的英雄，因为我不能确认六马最后使用的名字，也不知道里面哪一个可能就是他。

四是一个比较离谱的传说，说他最后在朝鲜化成了一匹野马，那匹野马总是在冬天的时候才出现，像风一样掠过雪原，比雪还缥缈。到夏天就变成了野人参，长在洒满了我们志愿军鲜血的朝鲜森林里，默默地开花结果。这最后一个应该完全是我的想象。

7

其实，在国内的部队医院里，我是看上过一个护士的。她就是背影长得很像红红，却没有红红的那种疯疯癫癫，外表很冷，内心却很热。我怕总是看见她忙前忙后的背影，还是就是她的声音，像小鸟叫一样清脆可爱。

临出院的时候，我给她写了封信。大意是，说将来想带她去宿城骑马打鱼。在那里我杀过日本人，也失去了很多亲人。还跟她说，我特别喜欢宋朝，总是找人聊这个时代。还说她长得就有宋朝美女的味道。我没敢写，看她的背影，我也想到了尤物那两个字，和看别的女护士那种纯洁天仙的感觉完全不同。我还说，中国我梦想的地方是西安，因为我还中意长安这个地名，将来复员就和她一起去新长安西安，为建设新中国奋斗终生。

她回了封信，是尊敬我是抗美援朝英雄，但含蓄地批评了我建设新中国的热情不高，革命觉悟里面有微瑕，不够上进。

这也算一个很大的打击。这是我第一次正式追求异性或者说革命伴侣。从此，我再不喜欢给异性写信。

我回到了部队，很坚决地办了复员。本来说要送我去南京上军校的，那样提升得会快些。但我真的有点厌烦军人生活，觉得那么多纪律很压抑，而且一点宋朝的诗情画意也没有。觉得还没以前做特务来的自由。虽然做特务更危险，不过也更刺激。

8

我给牛来去了信，觉得我是一个不合格的革命军人，因为我居然没有朝敌人真正地开过一枪。我说我要复员。牛来来信说，革命工作是各式各样的，他说让我去找政委。于是，我找了老政委，那时候他已经是师政委了。对他说我想去西安工作。

其实，我可以去上海。因为我的大姨夫在建国后，把厂子捐给了国家。他则继续担任工厂的领导，焕发出新的工作激情，正为祖国建设干得热火朝天呢。他来信说希望我去那里，看看新上海和新工厂。

但是，我骨子里实在喜欢并向往长安这个地方。而且，我不想回家乡了，也不想去上海，那里离家乡太近。我回信对大姨夫说，在新中国的江苏地图上，我居然没找到宿城。我对政委也这么说，政委说那应该改名字了吧。

这个事情费了不少周折。政委还专门给西安的有关部门去了信。连牛来都帮我找了他以前的警卫员。现在在西安当领导。因为我所在的这个队伍没有陕西人，所以复员都不去那里。

我是坐火车去西安的。部队还搞了欢送仪式。那天我喝了不少酒，还借着酒意跟战友们大谈宋朝，还说要再回部队就要去加入骑兵部队。因为那里用马刀，那样就不会再有没开过枪的难堪。

还说，我将骑马去目的地，去那个我梦想已久的新长安。有匹马总是会从天而降。战友们则善意地为我眯眼微笑。我还对他们说，我看上了一个护士，结果人家没看上我。但是，在长安，会有不少古代女侠想抢着嫁我。战友们还为我合唱了不少歌，听起来就像是在朝鲜冬天，那些战马在嘶鸣。

火车上，我一直没睡，看见了很多山村，和江苏的完全不同。半夜，我还听见了一些奇怪的声音。我翻找了半天，后来觉得或者是车窗外飘来的，或者来自我的梦境，或者是我珍藏的田黄石印章在接近西安的时候对我低语。

路上的邻座是一个上海大学的女毕业生，去西安当中学老师，她对我刚从朝鲜战场归来的经历很崇拜。分别的时候，我们相互留了通信地址。

我被分配去了图书馆的一个资料室当副主任。上级说等我入了党再提升。我的入党过程依然很不顺利，据说是我的档案里的历史问题出了差错。有一次都支部讨论了，但最后还是被卡了下来。

我很有耐心，我就居住在自己的生活里，一点也不烦恼，人生就是一条不黑的黑河。你只要随流而下，会很舒服。革命时代，对我来说，最热血的部分可能已经结束。什么是成功的革命，就是革命以后你活着。你可以继续寻找你的梦想。

也就那个时候，我开始仔仔细细看《宋史》，而且反复看，关上门看，躺床上也看。孤独的时候看，发春的时候还是看它。

对我这个宋朝迷来说，《宋史》的每一页都像里面躲有一个最漂亮的古装女人，她们的样子千差万别，却全有点瘦，有些可以称是尤物，有些则美得让你肃然，只能称呼为绝世美人。我也不全信《宋史》，就像我也不全信自己。你们要向我学，不要全信我的故事，别人向你解释的中国。

另外，就是直接研究了《宋史》，我还是把汉朝赵飞燕放在宋朝，作为全宋朝尤物的标志性人物，不想改变。

第八章　妻子刘青

唉 连落叶都投河了

还有飞鸟为冬天歌唱

1

过去的艰难岁月按道理是给我留下了不少创伤。我也有长期战争带来的心里阴影，六马在朝鲜的时候向我提过，那就是我骨子里甚至厌恶我生活的这个时代。但是，建国还是给我带了很多格外的热情。

于是我觉得一开始我是非常喜欢这个时代的。穷人当家做主，那种精神让人觉得扬眉吐气。我的成分，因为母亲家有些田的原因，定了富农。幸好赵大少爷没有被确认是我生父，不然肯定是大地主。

不管怎样，我曾是真刀真枪干过的革命军人，虽然没机会放上一枪，所以我想当然就把自己划进了无产阶级队伍里。我最大的私人财产不就是蔡老师留给我的一枚田黄石印章，怎么能算有产阶级呢?

夜深的时候，厌烦了《宋史》的繁絮，我还是会想起从前，想起我在战争岁月里有过的那些女人。她们有的早已躲进了月亮，月亮上面的马，应该都是银色的。尤物这个词，我一直觉得比性感呀美丽呀生动，在我的词典里，其实那是最高级的赞扬。

我单身了好几年。因为一直再没遇到合适的。单位的同事领我相了几次亲，不是对方不满意，就是我没感觉。

直到遇见我后来的老婆刘青，我忽然又找到了那种看见了人间尤物的灵感。刘青看起来很羞涩的样子，脸还会腾地一下红掉。腰身看起来也特柔和。相亲那天，她一个劲劝我喝白开水，我一口就喝下半杯。没想到，那真是杯滚开的水，结果被烫伤了口腔，半个月都不能好好吃饭。

就这个喝水的憨厚劲，刘青因此判断，我绝对是一个老实人，可以托付终身。当然，我的一生，有的时段，一点也没老实过。后来，还因为犯了花痴罪，被抓了起来。

2

谈上对象后，一天傍晚，刘青来找我来交底，她说她虽然看起来像个黄花闺女，但实际上已经三十多，应该大我几岁。还有就是她的过去。还说她以前还得过性病，不过早就痊愈了，绝对不会传染。她说到这里很吞吐，没有再说下去。我于是马上表态，我不在乎她的过去，只要不是现行的反革命就行。我说，我觉得两个人在一起最重要的是般配。

刘青最后又请介绍人再次正式把话转给我，说她以前在上海其实是做舞女的，还结果一次婚，但没有孩子，先生在战争年代失散了。她还有一个缺点，可能就是没有了生育能力。因为她从来没有成功怀孕过。介绍人摔下一句话，人家都说清楚了，谈不谈下去，叫我自己想好了。

我自己想了半天，也没勇气去跟刘青交代自己过去的那些风流韵事，还有家族里的人复杂关系。例如，我第一个女人是赵三姨太，如果赵大少爷真是我的父亲，那这个女人就应该是我的后妈。

还有，我母亲开的那个唐宋馆，到底是特务机构，还是高级妓院。我自己都糊里糊涂，不愿意弄清楚。

再就是，我和夏姑娘之间，到底是性欲还是爱情。在没有想明白之前，我真的就没碰过刘青一下。有的时候，我也想碰她，但总是在伸手之前，害怕起来。先是害怕自己，然后是害怕她那覆盖着衣服的身体。革命时代的情感直觉真的有变化，国内有个电视剧说那是《激情燃烧的岁月》，其实这样说不准确。应该说是革命激情胡烧的岁月。或者真是革命激情大发扬，才让我有点远离着以前内心中的那些污泥。

3

我正是在预定结婚前一周，被当犯了花痴罪抓起来的。花痴应该多发于女性。西方则叫“性上瘾症”。其实，我也就是有一周没怎么上班，因为我看见了一个背影特别像我母亲美泉的女人。

不知为什么，我一时竟特别感动，觉得对反复救过自己命，自己却对她充满刻骨仇意的母亲美泉，充满了一种崭新的怀念和负罪。那种感觉类似有的时候在夜半先想起宋朝，接着又想起民国。才发现自己原来是活在了民国，却爱上了宋朝。

于是，我就一连一周老去跟踪那个背影。有一天，应该是她报告了派出所，我就被当流氓抓了进去。

当他们得知我的前革命军人身份后，觉得我不应该是流氓，审问我的人还和我聊了好一会女人，然后他们怀疑我就是犯了花痴。一旦见了我自己描述的那种所谓尤物的女人，我就不能自控。

然后他们叫我们单位去领人。但是，这件事情被闹大了，因为我们单位的领导的觉悟比较特别。他应该是翻了我的档案，最后决定向组织揭发了我。

说我在来西安的火车上，摸了邻座女大学生的屁股，他说他收到了那个女大学生给他的检举信，压了一两年这才拿出来。他觉得具有这样的流氓品德的人怎么会是无产阶级革命战士的呢？他观察我多时，觉得我的思想水平就是国民党特务级别。

一定要说是他的揭发我摸女大学生屁股是编造或者想象的，也不是非常确定，因为我自己也记不清是否在火车上发生过摸屁股这样的事情。也有可能，女大学生的屁股正好坐在了我手上面。或者我真的在梦中没控制住手。

当时正在深挖国民党特务。因为我一贯的经历，言行，单位领导非但没有接我回去，反而更加觉得我就是那个隐藏在革命人民内部的台湾特务。他找到的证据是，老看见我闭门反复看《宋史》，觉得那就是在研究和台湾联系的密码。《宋史》可能就是一本台湾密码。所以，领导让派出所很深入地查我，不要放过了台湾特务。派出所于是把我直接转给了另一个部门。

我被关了好几个月，中间只被扇过几次耳光，却没有了更糟糕的审讯，因此错过了和刘青的婚期。最后的罪名，不是国民党的潜伏特务，而是花痴罪。花痴应该是病吧，弄成罪有点滑稽。

我是在六马手下当过国民党特务，不过那是抗日杀敌的特务，是光荣的特务。那段时间的事，真的洗不清了。后来，表哥牛来为此亲自来过西安，他除了带了他的警卫，还带了一位姓蔡的首长。不过牛来将军说了句这样的话，说我年少时代就比较花痴，所以后来才定了个莫名其妙的花痴罪。

蔡首长只见了我一面，请我吃了顿饭，临走的时候，给了我他在北京的地址，最后还对我说，老兄弟，你多保重，有什么事情就给他写信。他叫我老兄弟。他是蔡老师蔡烈士的官方亲儿子。从外表看起来就他就像蔡老师，连那种凝视的神情都特别像。以前，他是在北京也就是北平做地下党的。现在也是做一些半公开的工作，级别不低。

而我，就算真是蔡老师的亲生儿子，从外表看，就没那么多证据，其他的证据，拿牛来的话，那是由他保管的党的机密。

4

我出来后，回了原单位工作，还是挂一个副主任。同情我的人都说花痴罪很荒谬，大家都当没发生过。就是看见了领导很有些尴尬。本来想闹一下调动，后来想到能在工作时间看《宋史》和其他古籍的份上，就算了。

刘青根本没有嫌弃我犯花痴罪的这件事情。她虽然没去关押地方看过我，应该也是不会允许。但我一放出来，就跑来和我睡觉作为对我的接纳。那是我们第一次睡一起，晚上的声音很响。我觉得那简直美妙极了，像这个世界里最豪迈的歌曲。

我住在单位宿舍，隔壁住了领导的亲戚。第二天，看见他的脸，特别垂丧的感觉，好像是他刚去被关了几个月。现在他们都只能在背后偷偷议论我，因为说我北京有人。

我和她结婚那天，就一起去钟楼附近的宾馆吃了顿饭。她对我说，你是新社会花痴，我是旧社会舞女，我俩是绝配，以后谁也别嫌弃谁。我则嘿嘿地笑，晚上却依然憋了劲地和她猛干，好像要把过去岁月里我缺乏发泄的那些时光，全一下子捞回来。

我最好的时候，一晚做八次，而刘青也是照单全收，高潮迭起，叫出了杀猪的气氛。她还给我起了个秘密外号，那就是吴八郎。一夜八次郎，有这样功夫也算一种好汉。

结婚一周年的时候，我还去旧货市场给刘青买了一个带大喇叭的旧式留声机。但我们没怎么敢放。因为宿舍实在不隔音。本来刘青是要用那个教我跳交际舞的。有几个晚上，我们就放唱片，但把音量放到最小。于是只能听见唱片摩擦的卡卡声。然后我们就相互压在床上用肉体跳舞。我抱着她的腰，蹭着她的脚尖，我们活在了一轮又一轮的肉体大革命里。

刘青还为我数着一二三的节奏。她最喜欢的舞是探戈，她说那种节奏适合在两个人的高潮来到前十分钟用。

我和她这么纵欲，有时候想，会很没有革命精神，完全是旧社会腐朽思想在无产阶级床上的大爆发。不过呢，我喜欢这种让我和刘青身体交融的腐朽，刺激，忘我。宋朝不宋朝都可以抛在九霄云外，刘青也说，既然喜欢做，就管不了那么多了。

我和她还在西安的明城墙上做过几次，那都是在半夜。下面有时候会有纠察队巡逻。但他们一次也没发现过我们。我们真的像来自宋朝的情侣侠客，来去无踪影。

最狂野的一次是在一个落满灰的西门城的门楼里。我找到了当年在宿城文物店的阁楼上的那种感觉，灰尘飞舞，光线闪烁，慌忙中，我又看见了枣红马，这次这马变小了，在我和刘青的身体里来回奔跑。我还听见了来自宋朝的马叫声，似乎在呼唤如今叫西安但骨头里永远叫长安的地方。

宋朝的长安，黎明前一定总是特别宁静。但我回到现实后，有些片刻，还是想起了北京的蔡兄弟和已经被封为少将的牛来表哥。他们比我混得好，却肯定没有我快乐。我不止一次地这么比较。所以这种快乐理念曾经一直支撑了我的大半生，那就是一个普通人美好起来，可以给另一个普通人带来，一个不普通的也很美好的全世界。

5

三年自然灾害的时候，有几天，刘青实在太想吃肉。她说没肉吃，就真的不再想那件事了。结婚的这几年，我们除了刘青的例假，几乎天天坚持做。我叫这为“天天向上”。有时候，在床上，我就叫刘青为“革命”，那我就是“干革命”，如果刘青主动，那我转变成革命。这些叫法极其隐私，猥琐，说出去肯定会惹大麻烦。

有两次，我和她谈论怀孕不怀孕的问题，两个人都想起“抓革命促生产”的口号，觉得格外生动贴切。

于是，为了性生活，我就想去西安郊外的秦岭打猎。我找人弄了枝猎枪。还跟山里的农民打听清楚。去秦岭，我本来想打狼的，除了马，狼应该是我第二喜欢的动物。第三，就是和我妈的形象有关的狐狸。

那几年，我大概也吃不好，所以有点昏头，觉得能亲手毁灭自己喜欢的东西也很有古典美。

在秦岭那几天，我还搭了一个草棚睡觉。真的看见了狼，一闪而过，很美，应该说，狼比狼狗要美。我打到了几只野兔，一只山鸡。那时刻真骄傲，虽然没机会向敌人开枪，却有机会射死动物。晚上，我就看月亮，也睡不着，山里太冷。我就想月亮的背面有没有人？月亮那么荒凉，上面有人是不是和我们一样饥饿。如果有人，会不会有经历过唐朝宋朝明朝。

在山里，最疲倦的时候，我就背诵毛主席的语录，觉得比唐诗宋词更鼓舞自己。然后觉得不管什么话重复多了，就能变成意志力。现在可能这么说，那就是潜意识。

但是，我觉得我内心深处，爱宋朝，爱枣红马，还是超过爱伟大领袖和救星。这让我一直很有愧疚感。毛主席给了我新中国，宋朝和枣红马给我的是我对旧中国的怀念。我不止一次地在内心中痛骂自己，不够革命，不够上进，不够格做一个著名革命先烈的后代，所以伟大领袖就让你家饿肚子。活该。

我的猎物拯救了我的性生活。刘青把打来的动物腌制成了腊肉。以后，晚上一想要做点好事，就吃一点。虽然还是体力不济，但总还是凑合弄了几次。只是刘青再没有大喊大叫。那个年代，还有夫妻生活，其实已经极其幸福了。

后来，我去汉中出差，也去山里农民那里买了一点野兔和大雁肉。记忆里，我觉得那几年挺风调雨顺的。为什么全国要饿死那么多人，总是让我的梦寐一片混乱。

后来知道有的地方都人吃人了，当时觉得这大自然太妖孽了，居然敢破坏我们新中国的大好局面。不然，可能再用个几个五年，多喊一些口号，也许真的就赶超英美了。

现在想起来，那时候还有口福吃野味，还有力气过夫妻生活，觉得自己也是战天斗地的一把好手。以后很多年，只要一想起那几年，那么多阶级兄弟居然有饿死的可能性，就会觉得能无限地吃米饭和喝鸡蛋汤都是一种格外的幸福。记得刘青说过，有过惨的，就会珍惜不惨的。

6

我和刘青的婚姻，不管怎么样“抓革命促生产”，都一直不能有孩子。我早知道这样，却是就怕不是这样。其实，我很怕生养孩子，主要是怕再生一个和我类似的人。我不喜欢我自己，不喜欢我老去宋朝找人生的感觉。所以我总是觉得和刘青的婚姻极其完美。我们尽享人生里最豪迈的部分。

尽管《宋史》和一些其他老书老是干扰我的思维，但我已经清醒地意识到，过去人生中的那些枣红马，大半都应该是被我幻想出来的。幻想虽然没罪，但也不利于思想觉悟的提高。这个社会，除了党，应该是没有马会从天而降来拯救我们日益平淡的人生。

但我老婆刘青相信我对她说的那些往事，她喜欢有马的部分，因为她说一旦她骑上我，觉得我身体的反应正好就应该是一匹枣红马的反应。那时候没有毛片看，所以我们只能从古典文学半文半白的性描写里寻找灵感。有时候看点进口电影，里面的长时间接吻让我们夫妻很思索过一些时间，我们理解就是亲个嘴，怎么那么多化学反应。

我的回忆是，我和刘青的夫妻生活，一直都挺完美，是"文化大革命"打破了这个比梦还甜蜜的生活。"文革"也许有很多罪，但实际上，它对于我本人，应该没有这个破坏婚姻的罪。

我的婚姻其实就是一条黑河，流呀流呀总有到头的时候，很多事情我们不能怪别人，也不能怪自己，要怪就怪老天。老天演绎着故事，故事埋葬着我们。我们努力呼吸，努力把故事传给需要知道的人。悲伤的话儿很多余，所以，我总是面无表情地向你们表达我即将全部消逝的过去。

"文革"来的其实不突然，革命可能真的走到了死胡同里了。"文革"也许唯一令我尊敬的部分就是，提前了十几年，向腐朽糜烂贪婪的资本主义思想提出了决战。就像我后来对审查组的交代，我迷恋宋朝和尤物，不就是根深蒂固的资产阶级思想。

但是，我们总是以为最大的风暴也不过本质上就是一场风暴，总会雨过天晴。所以当"文革"爆发后，我还是以为这和以前的那些运动一样，只要我们内心保持足够的敬畏，站好队伍，就会烟消云散，风平浪静。

7

这应该是我人生中的第四次被抓。前两次都是为国家，上一次是为跟踪女人犯毛病，这一次却是为别人。牛来那时候已经在东北被抓了，他的妻子第一时间托人转告我，要我小心。他是先被红卫兵批斗，然后来了几个神秘的人把他带走了，下落也不明。我想到过跑，可是在这中国最最巨大的革命海洋里，我又能跑到哪一滴水里活着。于是，我又想起我命运中那神奇的枣红马，那些马能不能接我回宋朝避祸。

于是，我是一副死猪不怕开水烫的样子。我想前想后，除了在队伍里没真的向敌人放过枪，和老婆睡觉的时候调侃过“干革命”这个词，真没对党和国家做过什么不好的事情，刘青也说，她相信党不会错怪我这个好人的。

都说我的被抓是刘青检举的。因为，那时候传她和一个唱现代京剧的小伙子搞上了。有人来跟我说，亲眼看见刘青和那个小伙子在看露天电影的时候亲嘴，还一起去骊山的贵妃池泡温泉。

我问过她有没有这些事情，她坚决不承认和那个人有过任何肌肤之亲，还指天和指毛主席双重发誓。我则说，就是有，我也不在乎。她不相信我会不在乎。说如果我真不在乎，说明我也真没在乎过我们的婚姻。

是的，那时候，我的功能开始衰退，和老婆在床上的“干革命”越来越少了。有时候半年才有一次，如果我那顶绿帽子是真的，我也只会先怪自己的身体也不会怪刘青。身体是革命的本钱，这句话是真理。

半夜，有的时候，我会很硬，那时候我就会拉过刘青的手，让她来摸，以显示我的功能还行。

我想象过他们的偷情。我觉得想象细节，让我有一种莫名的兴奋。于是，我会想起宿城，想起我生命中以前的那些所谓尤物。她们的背影映在天空上，衣服成了白云，裸体成了圆月。我和我的马，总也近不了她们脱衣洗澡的月牙湖。我和我的马，陷入在了尤物们的局外。

我喜欢局外的生命，喜欢那些和灵魂有相似处的想象。所以，日后，当审查小组直接叫我“宋朝尤物”，我觉得那是一种尊敬。那种喜悦感肯定不亚于表哥牛来当年授勋。

8

其实，我在被带走之前，家已经被抄了一次。红卫兵找到了一些旧书，说要回去研究以便找出其中的台湾特务使用密码的秘密。他们抄走了那台留声机，说要在里面找找机关。

我怕他们抄走蔡老师留下的田黄石，所以在抄家过程中一直很恐惧，还主动翻箱倒柜把一副以画虾画蝈蝈的北京著名老画家送给牛来，牛来再将我送的水墨画找出来献给了那些小将。刘青则献出了她的集邮册。红卫兵走后，刘青告诉我，那块田黄石，她藏好了，叫我放心。所以，后来，别人都说红卫兵小将是刘青找来的，我是坚决不信。

单位里也早贴出了我是漏网的台湾狗特务的大字报，并说我在年轻时候就奸杀过地下女共产党员，还说我用巨大的做爱声掩护自己偷听敌台，搞得围观的人都哄笑不已。还说我，混进革命队伍后，居然对敌人一枪没发，这个就是我是特务最大的铁证。

我本来也想去投靠一个当地势力大的造反派的，那里面有个头头我认识，以前在一起好几次讨论过《宋史》和宋词。我还请他吃过饭。没想到，另一个女头头一脚把我踢了出来，说这里不收台湾狗特务。

我早就不去单位上班，也没班可上。一天晚上，我又看见了一匹巴掌大的枣红马，在外面敲窗。我一把拉过老婆，说想和她做爱，还没等脱完衣服，门就被砸开了。

一共进来三个人，很严肃但不粗暴。他们说要带我走，我说去哪里？他们说明天你就知道了。我说要捆起来铐起来吗？他们说不用，但你要老实一点，还说他们有枪。

刘青早已为我准备好了行装，不过她觉得我就是去出个差而已。只是为了没有完成做爱，脸上有点遗憾，看上去一点特别的担心都没有。

我走的时候一直没有勇气回头看刘青。然后我听见她喊我，老吴，早点回来。我说，你放心吧，我没事的。但声音特别低，估计是说给蚊子听的。

那么多年江湖，只有这一刻，我感觉到了悲哀，这种悲哀和宋朝有关无关，都不重要。这是一种真正的悲哀，比被日本人抓，比被当流氓抓都严重。我猛然间，开始在心里背起了成串的毛主席语录。我觉得那些句子，和唐诗宋词一样，特有节奏感，特美丽诗意。然后，我信心大增，走起来比那几个来抓我的人都有力。

我叫他们跟上我，他们说那么急你想去哪里呀？我说，我想回宋朝。他们没听懂，让我再说一遍，我一个字一个字地吐给他们说，我，要，回，宋，朝。看着他们紧张起疑惑的表情，我又有回到战争年代的感觉，那时候，有匹枣红马带我去炸日本兵，风一样，跳过黑河，还跳过夜幕笼罩的全宿城，全上海。黎明前的黑暗的时候的旧社会。这些故事，我会像讲给刘青一样再讲给他们然后再讲给你们听。信不信无所谓。

黑夜里，后来，我忍不住用京剧唱腔唱起来："嘿嘿，兄弟们，今夜我们班师，回宋朝！"那声音一定很凄厉，会传很远，不知道刘青能不能收到。他们则连忙叫我住嘴，还给我嘴里塞进了毛巾。

于是，我在心里继续用京剧唱腔唱，枣红马呀枣红马，请你带我去北京，我爱北京金水桥。

唱着唱着我眼泪就下来了，但我真的不是为自己伤心，我是为老婆刘青伤心。因为我是知道她是真的舍不得我离开，哪怕她是真有了相好。如果那顶绿帽子是真的，我相信，她也只是给了那个男人身体，她的灵魂还是愿意和我相交。从她最后看我的眼神，我更加坚信这点。

第九章　风暴

跟老天过不去的人

走过了很多老天

1

一开始，我以为他们又把我当台湾特务抓了。我心里没鬼，所以很别扭。浑身上下都很气愤。如今，牛来也被抓了，我没有了靠山，听说蔡兄弟在北京也被打倒了。但这特务的情况，我还真估计是一时半会又说不清楚了。特务在那个时代一直是贬义。虽然我们自己的部队也有叫特务连的。

所以，一开始，我就斜眼看着墙上的“坦白从宽，抗拒从严”的标语，很不配合他们的审问，一直几个小时几个小时地保持沉默。沉默不就是反抗吗？他们逼我急了，我就背几句毛主席语录，毛主席的诗词，我在里面还即兴加上几句流传不广的唐诗宋词，跟他们说那也是毛主席的诗词。

他们显然学毛选不足，居然不能马上揭穿。脸上一脸疑惑。

有几句他们后来找出来说根本不是毛主席诗词，我还诓他们说那是毛主席没发表的。他们说没发表你怎么能知道？所以你就是一个特务。我还叫他们给我用刑，说看看现在的刑比日本宪兵队的有没有进步。

他们倒对我不打不骂的。后来，其中一个严肃点的年轻男子不耐烦了，突然对我说，我要警告你这个人民的反动派，你的宋朝早已彻底灭亡了。这才打开了我的话匣子。

我说我知道宋朝早灭亡了，接着，跟他们讲南宋的灭亡，讲悲壮的崖山海战，十万尸体飘在海面上。忠臣陆秀夫背着八岁的幼主跳海，幼主身穿龙袍，头戴皇冠，身挂玉玺。然后杨太后绝望跳海，最后是十万军民相继跳海殉国。外国历史学家都讲，这南宋的灭亡就是古典主义中国的彻底结束，甚至说，崖山之后，再无中国。

说到这里，那个严厉的年轻人忍不住打断了我，说我胡说八道。哪里会再无中国，明明毛主席为我们大家建立的不就是一个新中国。后来我知道这个年轻人叫胡卫东，祖上三代贫农，出身无比尊贵。

接着，他要我解释一下，为什么，我加入革命队伍后，居然那么些年对敌人一枪未发。我说，毛主席他老人家对敌人不也是一枪未发？一枪未发是因为革命分工不同。

审我的主要是三个人，一女两男，据说都是北京特别派来的。普通话里有北京口音。我总以为他们是要来挖出我这个台湾狗特务。这回肯定不达目的，誓不罢休。但我做特务那几年，是为国家抗日呀。一开始，我还想要他们一下，故意说些宋朝，还跟他们讲宋朝的代表性尤物赵飞燕。他们当然不知道赵飞燕其实是汉朝的。

所谓成语“环肥燕瘦”，环当然是杨贵妃，瘦就是这个皇太后赵飞燕。一说，赵飞燕轻盈得可以站在宫女托的盘子里跳舞，二说就更玄乎些，干脆就是站在手掌上跳。我总是说赵飞燕是宋朝的，还跟三人小组说，我最欣赏的古代妇女，就是这个尤物，是全古代漂亮妇女的杰出代表。

他们想了不少法子让我服软，有几天不让我喝水，有几天只给我吃米饭，没菜，没油。还有几天，不让我睡觉，他们轮流和我扯宋朝和女人。我一一识破他们的诡计，告诉他们，只要能和我谈得来宋朝，我就慢慢交代。我历史上的那些疑点，就拿出来献礼。

2

当然，一开始，我只跟他们说我杀死了几个日本兵的光辉事迹，然后是枪杀自己的汉奸大舅。我说得很详细，连血怎么冒出来都说得绘声绘色。那时候，我的确是特务，但不是台湾狗特务，是民国狼特务，是抗日好汉。

直到他们拿出王文姬的照片给我认，我才知道，我认识的人里面做到了最大的官的王文姬也出事了，他们对我讲，牛来都已经坦白了，我再不交代，就没机会立功了，不能立功，我就再也见不到我的尤物老婆。

我和王文姬在宿城一别以后，真的就再也没有过任何来往。我知道她后来嫁得显贵，革命的彻底，自己也做到了很高级别的官，比牛来还高一两级。

三人小组拿出一个玉坠让我认，我认出来了，那就是我临别送给王文姬的东西。她一直还保留着？想到这点我很感动，觉得她也肯定还没忘记我这个小人物。我想了半天，承认了我和王文姬认识，还说她差点是我的入党介绍人。如果我那时候就入党，人生的道路就简单多了。

三人小组听到我认识王文姬的这句话，如获至宝。当天，我就上了一辆军车，大概开了一天一夜，被换了一个地方关押。显然，我的坏蛋级别因为王文姬而被提升了。不过，审问我的还是这三个人。他们都说，审问我是件有意思的事情。或许，他们开始喜欢我这个人了。还说我本质不坏，也曾是热血爱国青年，为国家出过力。

我说那我有空，就真讲讲我的过去，不骗他们的。我认识的那些女人，只有王文姬长得最严肃也最正气，我从没用尤物形容过这个女人。当然，她也漂亮，那是另一种漂亮，不让你想入非非的漂亮。革命妇女的端正形象，应该以王文姬为样本。

我还说，我和她在黑河边约会的故事。我跟王文姬讲我们家鱼鹰的故事。那时候，民国的空气弥漫在我们周围，每一条道路，都在等去踩踏的人，每一个女人，都做好了为她的男人开放的准备。

我早就知道王文姬这样的女人，和陈艳芳那样的女人，都不是属于我的那种，哪怕片刻。我欣赏她们，甚至也愿意为她们去牺牲。

接着，我跟他们讲了几个月的故事，正如同我目前讲给你们的这样。也许有出入，也有时间上错。我反过来倒过去地讲，常常前后矛盾，不能自圆其说。除了常常穿插点宋朝，叫叫让我心动的美女为尤物外，我基本就是把存在我记忆里的东西原封不动地说给他们听了。我的记忆里的河流就是这么流的，它们交错纵横，里面的水，谁也说不清，已经去了几条河流。

3

我很认真地说，他们很认真地记。因为上级交代过，我说的每一个字都会是关键的证据，必须记录下来，少一个字都是对人民犯罪。

我甚至交代我和尤物们亲热的细节，做爱的时间长短，都用了那么些姿势。谁在上面谁在下面都要考虑清楚。还有，我刚刚进入的时候，头脑里的电波如何四射。还有，我还模仿女方呻吟。这些佐料非常对他们的胃口，红色风暴也早把他们整成了性饥渴。那么多年为了机密工作出差在外，估计他们难得回去一次夫妻团聚。

唯一，我觉得他们不够认真的地方，就是他们开始在记录里写我的新外号，宋朝尤物，还简称尤物或者老尤。我说审讯记录里能这么写吗？对待党的工作太不严肃了。他们说回去他们会整理出正式的东西，叫我别瞎操这个心。

于是，我说，旧社会把人变成鬼，新社会把鬼变成人。你们叫我宋朝尤物，那是算我人还是鬼，算男鬼还是女鬼。其实我并不在乎，就是逗他们一下。只要我一说我的人鬼论，我和他们的敌对情绪总能很快地溶解下来。他们难得一乐。会说我就算是鬼，也是来自宋朝的好女鬼。

他们最不相信我的，就是是否有六马这个表兄弟，还有就是我在最关键的时候，总是说有这么一匹枣红马来了。他们记这些的时候，总用红笔圈出来，表示他们的怀疑。我说怎么会没有六马这个表兄弟，他可是戴先生的得意门生。那个大姐接话，那他的双手肯定也沾满了人民的鲜血？我说早几年我是不知道，反正后来他也起义了，还当了志愿军，也是我们的同志了。

第二天，他们拿牛来亲笔写的东西给我看，说牛来都不承认自己有过六马这个亲兄弟。六马这个人完全就是我臆想出来的，或者说，其实六马就是我，我就是六马。我才是戴先生的那个学生。是我亲手杀了我党地下人员，陈艳芳女士，却赖到一个无虚有的六马身上。

有几天，我反复核对我自己的记忆，难道世上真没有六马这个人，难道我就是六马，吴庆生还有一个名字是六马？我自己的记忆故意犯下如此错误，就因为手上真的沾染了不少人民的鲜血？我想了半天，觉得自己都要想疯过去了。或者本来就是疯的。反正，不是我疯，就是那些审我的人疯，可能连牛来将军也疯了。

有几天，我真的还梦见了我就是六马。我穿着六马的衣服，用六马神勇的方式，和红红，夏姑娘和陈艳芳在床上翻滚。和红红，最多做的是亲嘴，亲奶子。和夏姑娘是让她把我当骏马骑。和陈艳芳，则清楚地记得，如何脱下她的丝袜和旗袍，如何把她的长腿架在了我的双肩上。

这些事情特别的活生生，好像我真的在过去的年代极其熟练地做过，而且包含热情。这使我也不得不怀疑，我也许就是六马，或者我就是六马的一个化身。那吴念蔡又是谁呢？这真是一个记忆的死胡同，我走在里面，想走在宋朝皇帝为一代名妓李师师挖的地道里。那些天生尤物们像星星一样闪烁，并对我说，我是谁已经不要紧了，因为关上灯，男人全是一个样。

我被迫一次又一次地整理自己混乱的故事，晚上在手上和脑子里双重跑马。面对三人小组，我觉得这样没完没了的审问很像是在捉迷藏。他们在我的脑子里和我玩这个弱智的游戏，真像让我回到少年时代。也就是那个时候，我萌生了要用书的形式把我的故事讲给大家听的念头。曹雪芹可以，那么多作家可以，那我应该也可以。

除了王文姬，他们最关心的细节就是陈艳芳。据说上头有人特别关心她私生活问题，很想知道她和几个男人搞过。还有就是她在世的时候的日记和通信。这也是我这么一个小人物，由三人专案组审查的另一个原因。我可是承认自己跟踪陈艳芳多时的。还算是同学，如果我就是六马，六马就是我，那还可能有过性关系，这些事儿谁也说不准。

我说女人里，我最喜欢陈艳芳那样的范儿，那是从宋朝到民国，尤物的最高形式。陈艳芳，那可是民国时候上海滩顶尖的演员。她强的不是在银幕上演，而是在现实里演。

当年，她真是每一个男人心目中的女神。我还让三人小组去找陈艳芳演过的老电影看，领略一下世纪尤物的风采，他们说那是四旧，早找不到了。我舔了舔舌头，说旧的东西怎么不好，看看宋朝，多老的年代，多美好。

我说，那你们太没福气了，都不知道什么是尤物里的尤物。我跟他们说，六马在朝鲜的医院里亲口对我说了，是日本人杀的陈艳芳，当六马拿着枪进去的时候，她早已死了，而且还是裸体，光着身子死的，被子只盖了一半的身体。

到这里，我随便还编了一个情节，说陈艳芳太美了，六马还差点动了奸尸的念头。他们打断了我，说我太恶心革命先烈。还说，你说你不是六马，怎么奸尸的事情也知道，你就是六马。

4

关于王文姬的部分根本不是我故事的重点，但这是三人小组要的另一个重点。他们说她早就在二十世纪三十年代就已投敌叛党，写过自白书。我说我真不知道，我是和她约过会，但没拉过手。我是和她谈论过人生和社会，却没被她拉进党。

我过去认识的女人，只要有几分姿色，基本都被我在交代的时候唤作尤物，唯独王文姬，她的一身正气，使我没有敢对她使用这个词汇。

那个玉坠是我的第一个女人送我，然后被我转送王文姬的，这点没错，但这不表明我和王文姬有任何特殊关系。那是同学友谊。

至于她是否被捕过，我在宿城倒是听过这个传闻，但我咬紧牙关，没有向三人小组透露出这个隐情。

有几个晚上，我翻来覆去睡不着，想着王文姬曲折的一生，一会儿天上，一会儿人间，一会儿地狱。革命人生就是这么刺激吧。三人小组还说，只要我愿意作证王文姬当过叛徒，就马上放我回家。

有一次他们把材料全写好了，说只要我签个字就算为党和国家立功了。一个高级干部，至今还保留着我一个小百姓送的礼物，就从这点，我打死也不能签这个字。后来，那份材料，还是成了王文姬叛党投敌的原始证据。但我向毛主席和宋朝一起发誓，那个签名是那三个人伪造的我的签名。

王文姬后来听说在狱中服毒自尽。听说还把给她毒药的一个医生给枪毙了。当然，也有可能是被杀。她那么文静的人，死得也是那么文静。据说脸上还带着微笑。

我听说这个消息的时候已经在甘肃的农场劳改一年。我为这个消息吐了半天，觉得胃缩成了花，一个劲往自己的喉咙里钻。我不相信革命意志坚强无比的她会自尽。就像你们不相信我说的一切，以及那个证明她是叛徒的我的签名绝对是三人小组伪造的一样。

5

我迷失在我的记忆里，如同你们迷失在我的故事里，可能都是一个局。当棋局结束，谁还会记得那个最开始过河的小兵。他哆嗦着看见敌人，他向自己的大舅和大表哥开枪，他看见子弹飞舞，穿过民国，朝鲜，如同宋朝的雪花，如同宋朝在月光的手掌上跳舞的尤物。

很多夜晚，特美丽，只要你接受我对尤物这个词汇的反复使用，那你就会知道，总有一个这样的艳遇，是老天特别安排给你的人生的。

三人小组中，我最喜欢那个三代贫农的年轻人，我看出他是最同情我的。他也最喜欢我的故事，尤其是里面那些和性有关的女人，我甚至看见过他因此勃起。那个中年女人被我叫自己亲妈尤物的态度彻底激怒。她对我的恨，就是那种对阶级敌人的刻骨仇恨。

不过，有一天晚上，我忍不住，用手跑马，没想到是这个女人出现在我的幻想里，我赶了赶她不走，她的两个乳房特别大，也特别垂，还不肯把衣服全脱完，在腰间还扎了一根军用皮带，头上则戴了顶红军时代的灰色五角帽。她的笑格外下贱，让我兴奋。我听见她说，要把我从枣红马上面踹下来，我就求她，让我弄完这一次吧，我还没有想象过不是尤物的女人。

如果一定要我说出，谁是那个会冒充我签名陷害王文姬的大坏蛋，肯定是那个中年男人。一般，我是看不到他的笑容的，他的脸整个就是一个镜子，你什么表情，他也是什么表情对付你。

据说，他也去过朝鲜战场，还立过一个二等功，可他从来不屑于和我谈论朝鲜。因为他觉得我在朝鲜一枪都没开，算什么革命战士。如果我想让他生气，那天我就会多提几次朝鲜，和我牺牲的那些战友。很快，我会看见他在强忍他的愤怒，那时候他就会借口拉肚子离开。他的屁很响，会从远处的厕所传过来。

这三个人，我从来都没恨过他们，有时候，他们就住在我的记忆里，跟我说风暴来了，快关窗。加拿大的风暴，最多的是暴风雪，有一年，城里都来了坦克铲雪。一看见狂风呼号，我就会想起红色风暴，曾经席卷过我的祖国，我的一切。

经历过那样的风暴，同样是一种人生财富。总好过平平淡淡，一生都没有任何离奇的故事。

6

我被押去大西北农场的前夜，因为听了我这么多故事，偶尔还被我的身世感动，三人小组特批刘青来关押的地方看了我。我们夫妻已有一年多没有见面，我觉得她老了不少，但她说我变化到不大。在这种情况下，我都能没有快速衰老，真是令人欣慰。

她对我说，她也被当成特务老婆和旧上海臭舞女被红卫兵戴高帽斗过十几次了，坐过喷气式，肋骨都被打断了两根。我说，那我们离婚吧。你现在是反革命和台湾特务家属，连地主都不如。

她说，不离。

我说再不离，说不定你就要当寡妇了，而且当寡妇也要被斗。

她说，她才不怕当寡妇，反正斗死都不离。要离婚，就不来看我了。一条船上了，就一起沉底吧。

那天夜里，他们还破例让我们在一个单间独处了一夜，说是对我积极揭发阶级敌人的嘉奖。不过那夜，我和刘青什么也没做。我好像忘记了怎么和女人做爱。我和她都一夜没睡，睁圆了眼睛看对方，连皱纹都数了好几遍。本来，想等等，看看有没有类似枣红马那样的动物，从云层里探出脑袋来看我，结果那匹枣红马，怕是对我也失望了，就是化成云飘呀飘，都不让我看见它的形状。

我们在没有马状乌云的月光下相对无语，沉默地拉着手。最后，我对她说，别在乎，抗日战争我就过来了。这也不是生离死别。你回去好好过，交个好的男朋友。你过得越好，我就越放心。

天亮的瞬间，我突然发现，我似乎在和刘青用眼神亲热。我的目光扒开她的目光的双唇，来回地抽动。她的眼泪就是阴水。我的悲伤就是我的存了一生的精液。我所有的苦难，都不算什么，因为我的苦难有人分担和分享。人生得妻如刘青，则不虚此行。

或者，是我自己在那么美化了那一个夜晚。更可能真实的事，是我和她实际上什么话都没多说，就是扒下裤子，埋头做爱。我就用一个最传统的老汉推磨的姿势。因为不想用别的姿势，怕不适应也怕浪费良辰美景。她的身体看起来比以前还柔软，吸引我急不可待地引军深入。就如她的乳房摸上去有点变化。感觉比以前还挺。乳头居然一亲就硬了，硬得扎嘴。我记得已经有些年，那里不会硬了。

我还鼓励她喊出来，最好能让别人听见，就和我和她第一次上床那时一样。我说，你喜欢你喊，把痛苦喊出来，身体里剩的就全是快乐。我们今天就把快乐当你的水全榨干。

她叫的真好听，像一种呜咽的进行曲。我于是快马加鞭，我对自己说，所有的痛苦，只要一场马拉松性交就可以抵消。

我们做了一天一夜，连我的家伙都磨破出血了，然后再射出来。我想，得把一辈子的爱，在这几小时里都做完，才不亏。

真的。那次以后，我再没有欲望和任何人做爱，包括夜里自己用手跑马。我射的瞬间，觉得万念俱灰。

刘青临走的时候，我还是把签好我名字的离婚信塞进了她的口袋。她很少给我写信，回去后寄来了一封信，里面什么也没写，就是那封离婚信的碎片。这些碎片其实更加让我心碎。

一个深夜，我流了不少眼泪。我想起，我看见过枣红马流泪。我觉得不是因为马也感觉了悲伤，马是被风吹得流泪，调节眼部环境。而我是真的流泪，因为我不能代替别人承受苦难。尤其是爱我，我也爱她的人。

7

刘青到底是怎么死的，我到现在都没有弄明白。我是在大西北农场接到她的死亡的书面通知的，说她死于窒息，已经火化和安葬了。我就追问怎么个窒息法？至少我就知道有五种以上的窒息。

管教干部说，我问他，他问谁呢？

后来，别人都说那个书面报告根本没写什么窒息，就是说上吊自杀。但是我向毛主席发誓，我真的没在那张报告上看见除窒息以外的死因。我没法落实，因为我把那封信点火烧了，我喜欢看火烧信，有些着火的字，飘起来就像马的鬃毛。

还有一段时间，我觉得我老婆她就根本没死，是假死的，用来骗别人和全世界的。可能直到现在，她和我一样也默默无闻地偷偷地活在了那里。所以，我知道她死的消息后，没认真地流过一次眼泪。我觉得她不会轻易离开我，因为她愿意做我老婆，愿意等我共度苦难。

或者还有一种可能，是我死了，而她则存在在另一个和我状态相反的世界里。你可以说那是另一个空间，但她起码算还活着。

我爱她，也爱和她做爱，过夫妻生活。我爱过一些女人，一些尤物，如果一定要说哪次最爱，那肯定是和刘青。我们度过上了货真价实的夫妻日子，就是大难临头，也牵挂等候着对方。

那段时间，我埋头劳动改造，打磨了不少石头。我特热爱那些石头，觉得它们就是自然界的伟大领袖。我们的工作很闷，脏是脏点，但干起来觉得内心干净。刚开始的时候想吐血，不适应。后来看见同伴里有不少北京来的高级干部，他们可冲敌人开过很多枪，有的还挨了不少枪，他们看起来比我还老实，我一下子就觉得自己没亏了。

每年，我还去野外为农场的几十头生猪打好了长达一年的猪草。我像疯了一样干活，就希望能累得倒头就睡，省的去钻老婆刘青之死的牛角尖。我就觉得刘青她就住在那种牛角尖里等我，但我暂时还不想去，我想清清白白地去找她。让她也变得清清白白的。

我还梦想能看见农场附近传说有的野马群。野马应该比枣红马还高级，那是一种有关苍天的运气。我觉得只要看见了野马，我就能好好地活下去，我要替所有为我而死的尤物们活，包括我的母亲，我要多活几十年。起码活过一百岁，直到洗清我所有的缺点做过的所有坏事。

这个农场也有一条小河，名字居然就叫黑河。大家都说，十年前，出现过这样的野马群，那年大旱，来黑河找水喝。

我总是想，这附近要是真有野马，那我很愿意就老死在这里。起码，我走后，那些马，就会在我的坟墓或者灵魂的坟墓附近出没。这样想，虽不能彻底安慰自己，但想着想着会睡得很好，跟死了一样。

8

后来，我真的在戈壁上看见了野马。当然，很多人说我那是幻觉。说建国后，附近就再没听说过野马。这个真有野马的记载，那要追溯到成吉思汗时代了。但是，我向毛主席保证，我是真的看见了野马群。

那天我去为农场打猪草，不知不觉和一个同伴就走远了。一抬头，同伴不见了，天边就是那群野马，在夕阳下特别漂亮。我回来走了一天一夜，满农场的人都在找我，以为我跑了。我怎么会跑，我一定会把这个消息跟我所有能说的人都说说，我看见了野马，五颜六色，起码十四以上。他们奔跑起来，比风还洒脱。但大家还是一致说我看花了眼。

夜里，我梦见了那些马跟我说话，叫我要勇敢地活下去。然后，其中一匹枣红马，居然骑在了我的背上，我在戈壁上飞奔。

第二天，一醒过来，我就去跟管教干部要了字和笔，说要向上级领导写上诉信。几十年来，我根本就没有做过任何对不起国家，党和人民的事情。王文姬也没来没有叛变过，更别说我的少将表哥牛来。

我绝对不是那个六马。六马真有这个人，大家一定会从记忆里把他找出来，还我清白。一度，我还想写血书。后来，因为想写的比较长，所以怕自己没那么多血可以提供。

我花了整整一年的时间写那些信。但不怎么修改，写错了，就另起个头再写。看过的人都说写得好，有文采，有阶级感情。连管教干部都开始同情我，总是给我轻活，让我有时间去润色那些信。当然，大家也就知道了我宋朝尤物的外号，他们也开始叫我老尤。

又过了些时候，离我们不远的地方，发现了露天煤矿。然后还修了铁路，通到了附近。

我在等上诉信的结果的时候，有在记忆里反复梳洗我的过去。在革命年代里，我的脑子里也存有比宋朝诗歌更精彩的话语。我最喜欢毛主席写给延安英雄张思德的话。

他说，人总是要死的，但死的意义有不同。或重于泰山，或轻于鸿毛。张思德为人民利益而死，所以他的死比泰山还重。好像司马迁也说过类似的话。不过，我觉得我要是死了，死在了这大西北的戈壁滩，我到愿意就做根鸿毛，可以随风飘远。

我还喜欢的是苏联小说《钢铁是怎样炼成的》里面经典的一段话，那就是，人最宝贵的是生命，生命每个人只有一次。人的一生应该这样度过：当他回首往事的时候，不因虚度年华而悔恨，也不因碌碌无为而羞愧；这样，在临死的时候他就能够说：我的整个生命和全部精力。都献给了世界上最壮丽的事业——为人类的解放而斗争。我虽然渺小，但我的那些过去，不也正是一个为人类解放而战斗过的马前卒的写照吗？

我在大西北里感到心灵折磨的时候，最喜欢默诵的就是上面那两段话，觉得比以前的古代诗词提神得多。这样革命风暴对我最大的改变就是，我也愿意喜欢宋朝意外的故事。

所以，去不了宋朝，我也要活到有机会能清清白白地去见马克思老人家的最后一刻。他老人家是真正的革命大师，而我则是革命小战士。我们应该在故事的高潮中重逢。至今我依然记得，这就是我那些上诉信的最后相同的结尾部分。

第十章　洄游

你明白的

那不是我们人类的月光

1

因为我连着几年都写了上诉信，还发出直接写给中央大领导的信。本来我还想直接写给毛主席和周总理的，大伙都劝我，我就算了。但是，一直都没有什么回音。于是我就改了写信的手法，我像连载故事那样一封接着一封地写。有时候，我自己都被自己的故事感动，哭得泪流满面，觉得自己就是那个被冤屈的宋朝岳飞。

可能是我太执着了，人家都是说连王文姬都死了，你还闹什么闹。但我停不下来写那些信。我觉得我要是不这么写信，自己都没有在劳改农场活下去的勇气了。而且，我像痴迷宋朝一样痴迷上了写那些不知道有没有人认真看的东西。直到后来，有人说我惹怒了上面一个脾气很暴躁的领导，说他生气了，很可能要重判我，要判我死刑。

活得不耐烦了，死也是一条去宋朝的出路。说实话，我失去得太多，真的有点不怕死了。我也想过自杀，早点回百村去找亲人们汇合。所以我到底是怎么会想起要潜逃去香港的，至今我都没有弄明白。难道努力地活着，努力地把我这些故事延续下去，是一种本能，一种下意识?

有人帮助了我。我是扒运煤的火车离开戈壁的。黎明时候，我有了幻觉，因为我清楚地知道那是不真实的。我看见了野马们在追火车。我掐一下自己的肉，那些野马就不见了，我合上眼，它们就马上回来。我还听见它们在唱歌，它们唱歌颂那个时代的革命歌曲，以至于日后我一想起那个旋律，眼前就会浮现那些疯狂的野马。

然后我就睡了过去，睡得特别美。我早已换好了别人给我准备的干净衣服。衣服里还有好几百块钱。然后，我就迷迷糊糊的，像做梦又肯定不是梦。我真正醒来，就已经在靠近香港的一个渔村的一张木床上了。

过去的一切，好像就是睡了一个短短的午觉。自由的感觉让我不是特别适应，我脑海里根本就没有我其实是个劳改农场逃犯的阴影。我觉得我像是要去月球旅行了。我拽着月光，就能爬进自由的夜空。

那个人家炖了鸡汤给我喝。我应该好几年没喝过那么纯的肉汤了。

过界河的时候，我们是一帮人。突然就听到了枪声。我们先都趴了下来，然后发现那些枪似乎是朝天开的。看来，那些边防军还有点良心。于是我们开始玩命地跑，跑，跑，直到跑不动为止。

2

我是怎么逃的，这个秘密我答应过别人，说到死也不能透露出来，所以对不起大家，这个细节我在这里就不说了。我总是跟别人说，是戈壁的枣红野马带我去的南方。那匹马最后累死在目的地前十里的地方。反正，关于我这号的犯人的逃亡，总能衍生出很多神奇故事。

我偷渡香港的那夜，边防军是开了枪的，但是子弹射向很高的地方，我们那批十几个人一个人都没受伤。不过也被枪声吓得很屁滚尿流。只有我，经历了那么多战火，所以是那么的从容。还有一个比较神奇的事情就是，我身上居然带着蔡老师给我留的那块田黄石印章。我都不知道，这东西怎么会自己跑到我的身上来。

所以，我在夜半，总是听见田黄石对我呢喃，连它都说，故乡不要你了，你去寻找另一个故乡吧。

其实关于我怎么离开劳改农场的，也一直有另一个说法，那就是我是被有条件释放的。我是大摇大摆地离开农场的。

政治风云总是千变万化，那些气候改变的速度比大自然里的真野马还难追。我的政治敏感性一向很差，也很难从管教干部的三言两语中领略到任何精髓。那年，北京的蔡兄弟好像又歪歪扭扭地回到了领导岗位。

牛来不幸已经去世了，他是病死的。不是被直接迫害死的，没有死在监狱里，而是安详地死在了自己亲人的目光下，死在了自己的家里的床上，骨灰也被允许安葬在了八宝山。

牛来的后人，还在我没离开劳改农场的时候，就托人给我来过信，说牛来兄弟临死前还提过我，说想我，还叫我放心牛来的后事。

3

在香港，我只见过两次三舅。那时候，他做海运的生意，来往于台湾和香港之间，在一个大型船务公司有不少股份，但大家都说他有台湾方面的特殊背景。所以才能混得有山有水的。

其实，我知道他的一点秘密。他应该千难万险地保留了几件从日本人那里抢回来的国宝，后来和蒋先生运到台湾去的那些黄金一样，在危难时候派上了大用场。

三舅现在的话很少。看我的目光像看陌生人。他本来给我找了工作的，但我听不懂香港话，所以在他的公司的写字楼里很难混下去。后来，我把蔡老师给我的田黄石印章送给了三舅，他则给了我一些生活费。

我觉得在香港混得比在劳改农场都难。失去了组织，失去了党，就是个孤儿的感觉。而且再也没人给我讲讲革命形势，哪怕读一点毛选，所以特别失落。我住在一个小私人旅馆里，那张长通铺里睡了十几个从大陆跑过来的人。甚至有男有女，也不忌讳。还有对夫妻，就蒙在被子里做爱，一点也顾不上四周还睡着别人。

三舅后来托人把天黄石印章还给了我，他说，他不好意思要我的传家宝。还再给了我些钱，但说好，那是借给我的，将来要还。三舅还让来人告诉我说，三舅正在想办法送我去美国，叫我再忍一忍。

直到那个我生病的雨夜，我都已经很久没有想起我和宋朝的亲密关系。那天，雨下得真大，水流挂在屋檐上像小瀑布。我觉得自己病了。那夜，我特别思念已经叫西安的长安，在地图上再也找不到的宿城和百村，还有我劳教的戈壁农场。我忽然觉得现实社会其实早已融入我的骨髓，和宋朝给我打的烙印一样深刻。

然后，老贯就出现了。他的样子，就像一匹化成了人形的枣红色骏马。他留的长发，就是马的鬣毛。他让我觉得自己实在太可怜。这可能就是背叛自己故乡的下场。我觉得我就是中国的叛徒，我罪不可恕。

老贯对我的开场白，我至今依然记得。他说他叫老贯，十五贯钱的那个贯。是我的朋友叫他来找我。我的朋友要帮我逃离苦海。

我问他，我的哪个朋友？他说，你几十年前的朋友，美国的朋友，也许你忘记了她，但她还没忘记你。

他连夜来带我走，先给我换了一个旅馆，有单人房间，还有热水洗澡，也不漏风漏雨。他说，明天，台风过了，会好起来。到时候，会有个老中医来给我看看病。我总是问，你是谁呀。他说，先别管那么多。总之不是来害你的。

4

我见到干儿子老贯那天，应该就是我一生中见过的最大的雨的雨夜。那天香港有十几年来最大的台风登陆。很多屋顶都被掀翻，早起起来，街道上也倒了不少榕树。

老贯这个不速之客，出现得很像我在上海从事地下活动的场景，那就是他的出现，拿句行话，就像，你老家来人了。

老贯原来就是我最早的相好，赵大少爷的三姨太和赵家小少爷赵群在美国的儿子。他说，是受他母亲的委托，来香港帮我。因为他母亲说，其实我才是他的亲生父亲。他第一次看见我的时候，辨认了半天，觉得他和我一点像的地方都没有。所以决定不认我这个亲爹。但是还是拜了我做干爹。说将来接我去了美国，还要专门搞一个正式的拜干爹的仪式，请在美国的朋友一起来大吃一顿。

老贯就一点就让我欣慰，那就是他还能讲流利的中文，甚至是江苏的家乡话。他对我真的不错，给我看赵三姨太他们全家的照片，还在香港忙前忙后地跑我去美国的签证。

临别的时候，我的手续还没办下来。老贯要回美国。最后，我想把我唯一的值钱的东西那枚田黄石印章送给他，他很喜欢，却还是没要。我跟他说，这个送我的人可能就是我的亲生父亲，也就可能是老贯的亲生爷爷。他笑了，不都是可能吗？要是现在，也许就可以去做个亲子鉴定。这样，可能不可能，就一定会弄个水落石出。

就这样，我将去太平洋对岸的美国，那个我在朝鲜战场也算用血肉厮杀过的国家。我想了好几个月才彻底想通，美国还是那个我年少时代差点去留学的美国，我却不是原来那个我了。人真的会改变，毛主席说过，战天斗地的话，老天爷也可以被改变。如果老天爷太顽固，那就给老天爷点时间，如同，我给这个故事留了那么多年，才最后讲完它。

5

美国，我真来了以后，却没有对这个国家有更好的印象。美国根本没有中国宋朝那样的历史，他们讲来讲去，就几百年，几百年，能玩出个什么名堂呢？我就是一边怀疑美国，一边开始在美国，过着如同梦中的日子。

我没有能见到我的初恋。她死在我到达美国前的一个月，是肺癌。老贯和赵群关系不好，现在没什么来往。美国那地方，二代亲情可以坏的特别绝。老贯说，他妈的葬礼，他爹赵群也都没来。我说，以前，我还和赵群打架，用刀捅了他的脸。大家都以为我是赵大少爷的儿子，所以没事。

我先在旧金山的唐人街生活了段日子。老贯在那里有个六层楼的物业，我就给他看停车场。我努力学过几年英语，后来真能对付一些日常口语交流。也能看一些简单的英语文章。就是写英语差些。当然，我说的是江苏口音的英语。后来我还学会了用电脑。老贯很高兴我的进步，觉得很了不起。为此，还在我的生日宴会上为我找了几个日本女留学生一起来做庆祝。他跟她们说，我已经活了一百年。

那些日本女留学生英语也不算好，我和她们交流起来特别困难，我让老贯做翻译，跟她们说，在日本的古代时期，女人都喜欢找中国男人睡觉，叫度种。还说，我亲手杀过日本兵，用手榴弹把他们在洗澡的时候炸死了。

她们根本不在乎我杀过她们的人，或者说她们表面上看起来根本不在乎过去的历史。她们肯定在日本的历史课本上没学过真正的抗日战争。说起南京大屠杀，她们说不相信也不可能。

不过她们对那些历史真没兴趣。不然美国人杀日本兵更厉害，还投了两颗原子弹。她们不还是热情洋溢地来这个地方留学。其实，我根本不知道我是哪一天生的，那个日子只是证件上的生日，是我在香港想出来的。某年的那一天，我正式加入了解放军，开始了我新的人生。

老贯自己是离婚的，有一个女儿，跟了他前妻。他每个月都要往她们的账号上打钱，替他们养一个大房子。

那天我的生日庆祝会上，老贯最后好像跟那几个女留学生中最漂亮的两个睡了觉。我听见了他们嬉闹的声音，那种男欢女爱的声音我已经很陌生了，也不能再让这个以前被人叫做花痴的我有激动。生命的河，总是越流越平静。在美国，我依然有孤儿的感觉，也没人愿意和我聊革命，聊宋朝。是祖国抛弃了我，还是我抛弃了祖国，都无从说起。

后来我又跟老贯去过德州。他在德州有石油生意。所谓的石油生意就是买了三个加油站。德州比较热。有沙漠，老贯带我去看过。我们开奔驰的越野吉普，自我认识老贯，我只看他开奔驰车。我在沙漠上等了很久，看见了晚霞和落日，却没有看见有野马在沙漠上奔跑的景象。老贯哄我说，德州的沙漠里不仅有野骆驼，还有野马。

那年，老贯开始和一个中德混血的女人同居。两年后，那个女人和他分手，又分走了他不少的财产。老贯最后带我一起移民加拿大，他的理由是，他和我一样，不知道为什么，就是喜欢不起来这个生他养他的美国。

我问过，说干儿子。你有时候也挺烦我，但总的对我很好，让我感激不尽。为什么会这样呢？老贯总是会苦笑，说他继承了他妈的所有财产，但是遗嘱里面就写了这条，他要照顾我一辈子。我笑了，原来我的晚年被写进文件了。

6

老贯带我移居加拿大多伦多的时候。其实，我已经慢慢喜欢上了美国。这和女人相爱一样，久了总有难舍之感。不过我很快又喜欢上了加拿大，多伦多看起来也比美国宁静，华人还不少。异乡的感觉居然不是那么重。都说加拿大跟美国比，就是美国的农村。但我就喜欢这点。有乡土气息的确让人心旷神怡。

从电视上看到，红色风暴终于在中国结束。一段时间，我甚至会鄙夷没有真正经历过“文革”的中国人，我觉得那是一种洗礼，会让你更加珍惜今天，但有难忘的昨天。

老贯回了不少次中国，他总问我是不是要回去看看，我都谢绝了。就像我离开了百村一样，我对中国的感觉就是我对我故乡，对我母亲的那种复杂东西，只有夜深了，我才会拿出来，摊在记忆里，翻了又翻。而且，起先我还挺怕被别人看见，因为里面这么多东西，我自己都没理清。

在多伦多，我没和老贯住一起，我拿加拿大的养老金自己租了一个小公寓，但每个周末，老贯都带我回他峡谷上的大房子。他又换了前后两个女人，有一个还是韩国人。当然，结果又都一样，她们分了些财产，离开了老贯。老贯甚至企图说服那个韩国的，说让她来陪我过晚年，一周来一次也可以。老贯总是以为用钱可以买到一切。

那个韩国女人甚至来找我谈了一次。当她发现我已经没有性能力了就没了兴趣。她倒不在乎我有多老，她觉得，没有性的维持，两个男人女人住在一起，那是变态。

我还和老贯两代人说过爱情。我说，老贯，怎么现代人都没爱情了。我说我可有过爱情，色彩绚丽。虽然我没你有钱，但我在爱情方面比你骄傲。你看你妈，肯定是和我有爱情。还有我老婆刘青，就是有了外遇，也不抛弃我。那都是真正的爱情。

老贯说，爱情就是荷尔蒙。

我说，不是，爱情可以永远活在回忆里，荷尔蒙挥发了就没有了，所以爱情肯定不是荷尔蒙。对我来说，爱情就是我的宋朝，哪怕活在多伦多，我依然走在去宋朝的康庄革命大道上。

宋朝以及那些早已飘逝的尤物们，对我来说，和故乡一样，对我永远是一本美好的写故乡的小说。

7

每年，我都要老贯带我去多伦多士嘉堡北边的溪流看三文鱼洄游。只半个小时的车程。我在多伦多最喜欢的就是这个节目。

那些鱼争先恐后地向上游游去，最后死在那里。河水不算深，比家乡的黑河浅多了。有一次，我就脱了鞋下去站在水里，老贯是没拦住。结果，那些鱼滑滑地擦过我的皮肤。它们游得虽然急，但也不像是逃亡，更像是烈士从容地去赴死。

有几年，我会去水坝那里看。因为三文鱼要跳起来跃过水坝继续上游。三文鱼不是每次都能成功。每次有鱼跳过去，大家就会鼓掌。

我会一整天一整天地待在那里看三文鱼。如同我现在，一整天一整天地跟你们回忆过去。这其实就是我的洄游，一个老人在临走前，最后在他的老房子老家乡的河里向上洄游。我好沉醉于这种状态。老贯厌烦的时候，我就让他先离去，黄昏时候再来接我。

有一年，是老贯那个韩国女人替老贯带我去看三文鱼洄游。她在黄昏的时候拉住了我的手，不瞒你们，那一刻，我忽然感觉到了爱情。传递爱情最好的工具，除了眼睛，我以为就是手。爱情可能某些时候，就是一些气息和温度的交流。神经们像河流一样流，血管里的小马群，喝了激素，于是撒欢狂奔。人生对于大脑来说，就是一个信号而已。

我在想，要是我还年轻，今夜，我肯定要和这个韩国女人做爱，我不会管她是不是我的儿媳妇。我就把她当一个女人，一个外国尤物。这个国家几百年前还是我们的属国。我得查一下，看宋朝的时候他们是不是也给我们进贡。

但是，这会，我和这个韩国女人可以被同样的景色感动，就可以被同样的肉体感动。我甚至想象自己如何一件件地替她褪衣。就那一刻，我忽然觉得我也许真的就是六马，或者六马一直活在我们意识深处。六马总是像杀敌一样占领女人们。六马从不会让爱情落空。

每年我都盼这个季节。那时候，郊外的枫树早已五颜六色。夜来得也格外晚。大自然如同整个我构思的现代宋朝。人们活在诗歌的月光中，像三文鱼一样排队走向死亡，把死亡也变得格外文艺。

8

有一年，老贯还带了一个参加过朝战的加拿大老兵来看我，他叫约翰。他听说我也参加过朝战，就非要让老贯带着来见我，说他一生最想认识一个真正的中国志愿军战士。

我说，我没开一枪，就回去了，我的部队好像遭遇的是美国部队，不是加拿大的。我被冻坏了，我看见别的战士发起了冲锋，子弹就在我脑门上空飞舞。我除了冻伤，也没受过别的伤。

我们在老贯的大房子里吃烧烤。其实我已经吃不动那些烤肉，约翰也一样。我们就是听听肉在炭火上的滋滋声觉得很香，人生也很美好。

约翰坚持认为，我和他正面作战过。那天，我埋伏在雪里面，准备阻击的部队就是他们的加拿大团。他说，那些中国士兵不断地从雪里，河里站出来，都冻成冰棍一样直。但那些士兵还是直直地向他们发起冲锋。

他说他一辈子都在做这个中国士兵冲锋的梦。以前，他觉得这些被懂冻硬了还拼命的人实在太可怕。他一直做这个梦直做到现在，有一天，他忽然觉得那些人，不再是可怕的敌人，而且是一些和他一样善良的老人。比如，我，这个慈眉善目的中国老人。

我和约翰后来单独约着一起喝过好几次咖啡。还在公园里一起用面包喂野鸟和鸽子。他还带了一些鸡肝鸭肝，去溪流边喂天鹅。有白天鹅，还有黑天鹅。它们甚至伸长了脖子弯着脑袋去你的包裹里翻吃的。我们也去那里钓鱼，钓过一些北美鲈鱼，然后再放它们回去。

约翰说，再年轻些时候，他还喜欢打猎。我说我也在中国打过猎，不过是为了和老婆有力气做爱。他说这都是一种战争后遗症。他还把自己的枪送给了老贯。他老家里有些熊皮和鹿角，都是他的战利品。他总说要送我一张熊皮，我说我喜欢狼皮。

后来，他送了我很多熊掌，还剥好了皮，他说那是他儿子在熊开猎的季节打的，知道我们中国人喜欢熊掌，就专门剥皮送来。那些熊掌剥了皮，白白的，特像人手。让我想起我以前炸日本人，有只断手就那么挂在了湖边的柳树上。我实在没胃口吃这种像人手的中国传统山珍。我就把熊掌全送给了老贯。老贯如获至宝，说在家里要开一个烤熊掌派对。还说，他也要去办猎牌，跟约翰的儿子去打熊。

我再也不试图跟约翰解释，我既不属于那个埋伏他们加拿大团的中国志愿军部队，而且我在我埋伏之后也没有能够站起来身体僵硬地冲锋。我觉得就让他那么想象我吧，如同我想像中国宋朝以及宋朝的各种尤物们。

我跟约翰说过，建国后，在中国，我的村庄消失了。约翰听懂了，说，这全部的加拿大，其实就是你的村庄。所以，占领一个地方，并不只有用武力解决这一个办法。

有一天，我还跟约翰说，我的中国外号是宋朝尤物。十年浩劫“文化大革命”留给我一生的纪念。我解释了半天，估计他没听懂几个字。但我把那几个汉字写给了他，说那就是我另一个中国名字。一个对我来说很有意义的名字。没想到，老约翰过几天，去太古广场，把宋朝尤物四个字纹在了他的背上。我差点被他笑死过去，觉得那么老那么皱的皮肤还能纹字真是神奇。

我跟他说尤物都是用来形容特别性感的女人的。约翰一本正经地回答，他纹这个就是表示他向往和崇拜这个，他没错。北美，不是有那么多人喜欢纹嘛!

我还想象过，如果有一天，能和被我炸死的那些日本兵，在另一个世界，坐一起喝日本青酒，骑马，回忆战争岁月里可能存在的美好部分，是不是就像我和约翰在多伦多喝咖啡喂鸟喂天鹅一样美好。

老了以后，最后的敌人，只有一个，那就是死亡。

第十一章　尾声

家谱失传了

全村人都听桑树说话

1

九十年如一日。所以，你们只要有机会，要和尤物多相亲相爱。或者，自己向变成真尤物而奋斗。

本来，我想在书里，印一些我在加拿大拍的风景照，我想让你们看看还没有被人类过多污染过的大自然。中国在宋朝，应该有点这种样子。

我只会拍，冲洗都是叫我干儿子老贯去做，他是个摄影爱好者。但他拍了那么多，都没有我的有视觉冲击力。没有别的原因，因为，是我叫宋朝尤物，而不是他。

我还试图重说这个故事，用六马和牛来的角度。但写来写去，都是一个归宿。哪怕是六马或者牛来以及我都是同一个人的三种可能。一个人无论人生多么复杂，最后就是简单地老去和死去。都会变成了同一条河流，同一群鱼，竭尽全力游向上游。

我住的地方有一个很大的峡谷公园。一开始，老贯有几次带我去走走，后来我自己去走。老贯的大房子，就在这个峡谷的某一个高地上，可以远远地看见安大略湖。那个湖，比中国的海都蓝。

晚年老贯最喜欢的是两件事情，一件是开奔驰，一件就是在花园种牡丹。他的对牡丹的热爱，还因为我对他的一贯教导，我总是说，玫瑰是洋花，牡丹才是我们中国国花。牡丹是花王，芍药是花相。而且，牡丹最早就产于古长安的秦岭山区。

老贯的花园有两万多英尺，里面种了上百棵牡丹，还有上百棵牡丹的亲戚芍药。芍药是草本，每年从根部再发，所以叫没骨头的牡丹。牡丹是木本，不过长起来缓慢，号称长一尺，退八寸。

唯一的遗憾，就是很少是纯种的中国牡丹，基本都是日本牡丹。日本人把牡丹从中国引进后，改良了品种，日本牡丹因为更耐寒，所以特别适应多伦多的天气。

还有一种是日本人用牡丹和芍药杂交的品种，花名就是那个日本人的名字叫伊藤。由于操作复杂，这种伊藤牡丹最贵。老贯也种了几十棵。就这点，我对老贯说，你看，从牡丹身上看，中日友谊多重要。

老贯还遵照我的意思种了很多桑树，我怀念家乡的那些桑树桑果和桑树上有犄角的天牛。唯一的遗憾是老贯种的是加拿大品种的桑树，结的桑果，先白后蓝，一点酸味都没有，全是甜。

我也打听过在加拿大能不能养马。我想让老贯替我养一匹枣红马。我跟老贯坐车去郊游的时候，看见不少牧场，里面圈养着不少骏马，他们总是在悠闲地吃草踱步。

老贯还真替我去问了。他说他自己的后院不能养马，也没那么技术和环境。但可以到农场去领养马，由农场代你养，你平时可以去骑。一年要不少钱，比养一条游艇还贵。

我想了半天，一是又怕老贯花费，二是怕自己见了自己拥有的马会动感情，伤身体。三，又不是自己亲自养，这个过程实在有点装尿。所以一直就没下那个决心。

2

我自己公寓的阳台上，我则种满了太阳花。它们每年冬天才死，第二年我又种，看见了太阳就绽放。老贯说那是最贱的花，我说，最贱的命却最容易生存。例如，我。

在峡谷公园，靠近安大略湖的一个铁桥边，我只要去散步，每次都看见一只狐狸，它先站在路中间，停下来，与我对望几下，然后不慌不忙地消失在树林里。然后，火车就会从铁桥上呼啸而过，似乎要把我带进另一个时空。

虽然，在加拿大，到处都是野生动物，大雁可以群居在大商场门口，黑熊会爬进你的院子里翻垃圾。还有浣熊，总是在黑夜刚来的时候大摇大摆地走进你的花园。但这么看见狐狸我还是有点心惊。

我一直把自己的母亲美泉形容成狐妖式的尤物。就是老了，也没觉得有什么不尊重的地方。

看见狐狸，总让我觉得有种某个灵魂来多伦多找我了的感觉。我不得不加快说这个故事的速度，不然，万一一睡不醒，故事还没有结束，肯定是遗憾。不过，哪一个故事又能彻底结束呢？如同生命，总有新生命，新狐狸，新的枣红马们，新的尤物。

这个峡谷公园还有一个好听的名字，叫红河谷公园。我知道有首加拿大民歌就被翻译成了红河谷。红河谷到了秋天真的会红，那是因为河谷里种满了加拿大的枫树。

其实枫树也有很多种，不是所有的枫树的枫叶最后都会变红。还有，加拿大人还喜欢种日本枫树，那种枫树长年红叶，长得很娟秀，像个美女，拿我的话就是树中尤物，总是被大家种在庭院口当招牌。

有一段时间，只要天气好，我都会去红河谷公园打太极拳。我走过去只要二十分钟。

我发明了不少动作，还画了拳谱，那些招式都起了很好听的名字。有一招，就叫宋朝来箭，样子就像空手接箭。还有一招，叫红马望月。那是扭头甩发然后发力。还有一招，我叫它黑河有鱼，手法就像在水中摸鱼，缓慢但突然敏捷发力。都是我以为的最至深和奥妙的妙手。

3

有几个月，有几个洋人老友老太还结伙来看我打拳，他们牵着狗，很安静地坐在一边。后来，他们都说要拜师跟我学，说可以付费。

有一个老太太，还说要和我约会，请我去她家喝红酒和她做的英国“马粪”。还有，她的花园里有个很大的阳光房，还种了来自中国的茉莉菊花和栀子花。她说她爱中国。“马粪”当然是音译，不过只要和马字有关，我就会真的喜欢那种英式糕点。

我说，约会就免了。我太老了。我的这种拳，也不是正宗的中国太极，是我乱编的。完全都是自我发挥。而且你们学不透的，因为你们不懂我们中国人的苦难史，和我的苦难史。

我建议他们去中国旅游，尤其要去上海和苏锡常一带，说那里是我的家乡。我的家乡比加拿大还美。

后来他们真的组了团去了中国。说在南京吃了很多小吃，在上海看了很多高楼。还坐了邮轮看三峡。我跟他们说他们看的是被水淹过了的三峡，不是真的三峡了。

年少时候我可真看过真正的三峡，听过真猿声。那时候是逃亡。中国差点被灭亡。那场战争，中国死了几千万。如今中国巨变了，虽然我没回去过，但我知道，心里一直知道。

我跟他们说，我的太极打的就是我一生的痛苦。如果大家真想学，就拍个录像，自己回去揣摩。谁能说明白了那种痛苦的根源，我就收谁做徒弟。我自己估计自己的英语没办法解释清这些意思，还特地请老贯翻译了这个意思，写在纸上，下一次又拿给那群老人看。

他们说，他们去中国，看见现在的中国人很快乐。见了他们总是笑。我说，我们中国人都是把苦咽进肚皮里的，自己慢慢地嚼碎。一旦看见你们老外总是展现自己最好的样子。现在中国贫富不均，比民国那时候都厉害得多。中国现在正面临着很多问题，很多挑战。说不过分，现在就是一场新的战斗，富人和穷人之间的战斗。

这些话，我的英语已经足够基本表达清楚了。当然，有时候，还得配上一些指手画脚。老贯总是说我有语言天分。我其实就是一个中学没毕业。还有，部队的大熔炉，锻炼了我说故事的能力。

4

我觉得我最后一句特精彩，那就是我说，我的苦难，就是我的快乐，没有那些苦难，我怎么会有今天的快乐。

没想到，他们拍了我打拳的录像以后还放到了网上，连老贯都看见了，说录像的英语解说是，一个神秘的中国老头打太极，号称打自己一生的痛苦，表情却那么轻松快乐，被洋老人们膜拜无比。在网上很流行了几个月，有好几十万点击。

这几年，为了保护这个公园不被商业开发，红河谷终于被政府批准为加拿大第一个国家级城市公园。在加拿大，最廉价的，应该就是公园，东西太多了，就不稀罕了。还有那些风景，说实话，都比黑河漂亮。但我心中，最美的依然是我故乡的河，故乡的马以及给灵魂一样飞舞的故乡灰麻雀。

如今，我还养了不少海鱼，主要是倒吊，因为它们的头像马头。它们的鱼尾上有一个倒刺，那就是它们用来相互攻击的小飞镖。倒吊最喜欢攻击样子类似自己的鱼。

所以我的鱼缸里常有死鱼，伤鱼。当然。老贯会及时为我补充。夜里，我听见过那些鱼睡后做梦时候发出的声音，真的如同万马嘶鸣。好像这鱼的人生也是一个战场。

那时候，我会想起要去阁楼上找枪的梦，梦里，我们和敌人厮杀，连兄弟间都相互厮杀。日本人要来了，要来就来吧。没什么大不了。我于是继续睡下去，几十年一过，现在的人不都说，神马都是浮云。

多少千古风流人物，最后还不是烟消云散。几百年一过，连所有浮云都会蒸发成了雨滴甘露大地。但我却倔强地知道，我的那些无中生有的枣红马，会永远活着，如同我这个渺小的故事。

对于“文革”，我现在觉得也没什么。好多人奇怪，说“文革”把你搞的家破人亡，出走他乡的。你怎么不恨?

我现在连强奸和劈死红红的日本兵都不怎么恨了。因为我知道，那一切就是老天给我们的道路，是老天让我们大家当人生的炮灰。

还有那些人为的苦难，都是我们人生的财富。就说“文革”吧，那是一种心灵风暴。

“文革”期间，我们内心中最自私腐朽的东西，几乎被粗暴的外力终于打个粉碎，还抓出那么多未来有可能成为腐败分子的当权派，还有老百姓都可以揪打官僚分子。毛主席预言过，“文革”就是预防中国去走资本主义道路的。资本主义也许是个好东西，至少对加拿大是这样，但对中国呢?

所以谁能说“文革”这样的东西，会全是坏事呢?中国要发展，我们就必须更宽容，经历更多的苦难，才能珍惜今天，珍惜这种平和进步。

5

去年的某一天，我又去看了张国焘的墓。这个前领袖死得好孤独。国内传说他是在一个冬天，没人替他盖被子，被冻死在养老院的。据我了解，这应该只是一个传说，加拿大的养老院，其实是一个非常不错的归宿。所以老贯总想送我去那里。

我去看张国焘墓的那一天，天气也特别冷。不知道能否冷过张国焘老人死的那个夜晚。后来开始飘雪，有几团雪，被旋风吹得，总在墓碑前打转。慢慢地，雪花越来越大。

那些雪花，很轻很大朵。如果有灵魂，我觉得这大雪花的样子会最接近。我一点也不奇怪张国焘复杂的命运，只是觉得他的故事里，不知道会藏有多少真心话。

他是一个失败的人，如同我，这个在革命队伍里没有能够成功对敌人开过一枪的人一样。但他的失败比我的灿烂和著名。

然后我就去图书馆找他的书。我没有能找到他的书，我还在网上搜，只搜到内容简介。里面说他分析了半天“文革”。我觉得他肯定这些写“文革”的东西肯定是胡写，是隔岸观火，隔靴搔痒。

我才是那个真正的“文革”经历者。一个把苦难当成财富的人。“文革”，给了我宋朝尤物这个名字，这个名字如今又成为整个故事的名字，那么传奇。

忽然间，我觉得，他和毛主席，一个败者，一个胜者，其实就是一种必然的和谐组合。这个组合很美妙，如同上个世纪相互交映的悲怆旋律。我和那些死者，那些真正的尤物，也是组合。

我就是那天开始写这个故事的，当然，这过程中，我受到了一个旅居多伦多的中年华人的影响，他据说是个流浪作家，曾经周游中国和全世界。他也姓吴。喜欢下围棋，和种百合花牡丹花和养海鱼。他就是因为收集牡丹花的品种和老贯认识的，然后老贯又把他介绍给我，说想跟我学太极拳。

他有一句名言，那就是小说是一个人的经典。说一本书，只要有一个人以为是经典就足够了。而且，他还说，对于一个人，一本合适的小说，就可能是全世界。他挺好玩，也喜欢叫我老尤物。我总是问他，他的小说里的那些事情是真是假，他说，这得由读者决定。

他还说，我们的后代，生养在加拿大，再不会知道谁是毛主席，谁是蒋介石，什么是南京大屠杀，什么又是“文化大革命”。

我说，那我们就写一本书让他们知道。

吴作家笑了，说，那些孩子没几个看得懂中文，除非我们可以用英语写作。我说，别那么消极，不还有翻译家吗?

他说，他的祖上和我一样，是周文王在江苏的后人。他还给我看他的家谱。那个家谱和我小时候看见的我的家谱有很多相似的地方。不过里面没有一个清朝武状元，那肯定不是我家的那本。

他总说，人在中国的时候向往海外，在海外的时候又向往中国。但他只向往自己。也许，这书的大部分本来都是他的代写。所以，如果这本书只署上了他一个人的名字，也请你们不要怪他。另外，他肯定渗透了不少现代意识，要完全是我的风格，肯定会古色古香。

吴作家，曾做过这样的总结，说我和西安事变的主角张学良将军一样，活得特久，晚年最喜欢说的就是自己年轻时候的花花岁月。张学良肯定和你一样，有点犯花痴。

6

呵呵，你们就算看出来了这本书所有的秘密或者说骗局，也别太大惊小怪。花痴其实不痴，革命其实就是保命。

至少，我的故事还是属于我自己私人的故事，我不是骗子。我说的都是真事。虽然如今的中国骗子很多，连鸡蛋豆腐还有作家都会有冒充。和母鸡生蛋要捂住鸡屁股一样，作家也总是关起门来写，别人看不到写东西或者说生鸡蛋的具体过程。既然看不到那个过程，那到底是张三还是李四写的，只要张三和李四不内讧，就没人知道真相。

虽然，真相不是个东西。而且，作家想证明自己能写东西还不容易？就像女人想证明自己是女人，妓女想证明自己是妓女一样。这有何难？你看，我只要看见吴作家那张歪脸，就知道他满脑子的那些歪小说。我还经常看他跟电脑里的围棋对手下棋，再看他输了的涨得通红的那张脸，我就知道，他的脸已经自证，他绝对不会是围棋高手。

但我这么老，又骗不来钱，也骗不来无知少女，我也不需要穿增高鞋，不需要别人替我写博客，还成不了意见领袖，那我为什么要去做这么一个彻底出卖自己灵魂的文学骗子呢？举国都骗，也不能用灵魂去骗最后那些还愿意聆听别人故事的人群。

我的故事真的就是我的灵魂马，那些枣红马多美，美得让人心甘情愿吃过那么多苦也不抱怨。但是，如果我真是骗子，那我肯定是用这悠长的故事善意地欺骗了你们，因为我自己都不知道，我是不是六马，或者别的怪人。就是没存在过，那世界还不是照转？

我也许已经死了，我把灵魂的一部分小心翼翼地交给那个作家，说去卖吧，谁出的价低就给谁。他很诡秘地笑，说，现在的中国，可能根本没人出价，根本没人在乎你的贵贱。一个天生的好故事，就是一个笑话。

我笑了，让我把笑声留在书的最后一页。生活就是书里的女人成了仙，总有一本书的女人，就是你自己或者属于你自己。她们在家乡的湖里洗澡，衣服堆在了水蜜桃树下。她们洗完再洗那些枣红马。晚霞来了，来了就来了吧。月亮印在了水里，最美的却是我们的内心深处的马。

请那些马，把我的故事带去我的故乡。我请作家写上这句话。作家却说，那拿什么飞奔，拯救你的悲伤。

九十年如一日。

有一次，我实在睡不着，就去窗口看月牙。当我张开手，我居然看见了一匹在手掌中急奔的枣红马。月光映着它的眼睛，马的瞳孔里，全是我的过去，连眼泪，都是过去的那些雨天。

7

于是，我死了也活着。我永远活在我已经接近消失的家族的故事中。我又想起《钢铁是怎样炼成的》里面的话，还有毛主席写给张思德的话。再就是一些宋词的句子，那些话太经典，交绕在一起。沿着我屋里的光线向空中攀延。我的房屋里应有尽有，看起来就是一个故乡变态的缩影。

文字也有爱情和性。接着，我和我鱼缸里的马群一下子变成了一个雕塑样子的思想者，觉悟就是这样练成的。我依然清楚地记得毛主席的话，阶级斗争一抓就灵。至于你属于哪个阶级呢？现在应该还是两个阶级，有钱的没钱的，早晚又会斗争起来。

那时候，还会有革命，很多革命总是那么开始也那么结束的。群众的命运和我的故事一样，是个误区。还有，为革命牺牲的人，那些烈士多勇敢也多无辜。烈士们的灵魂会开花，不是牡丹就是芍药，全是中国国花，大朵大朵的，还飘逸着清香。

如果我日后和张国焘先生一样也能在郊外的墓园里拥有墓碑，我会请老贯先生写上，宋朝尤物，今朝革命者，明朝梦想者，到此坟一游。吴作家说，应该写上一句我最喜欢的宋词。

但是，我实在挑不出最喜欢的那句呀。说实话，我最喜欢的还是上面那两段话，毛主席写给张思德的那段简直就是关于鸿毛最高级别的描述，而保尔·柯察金的，几乎就是会写小说的残疾人的绝唱。但我总不好意思在自己的墓碑上刻这两段话。

我配不上。我其实就是一片来自异乡的鸿毛。一个在不是故乡的故乡流浪的老不死。拿句流行歌唱，那就是，我是一根小小的鸿毛，却飞得比谁都高。英雄是什么，英雄就是没死的狗熊。

我活过，将来应该会自然而终，这比我故事里很多人都幸运。这也让我的苦难史有少许做作的成分。也没有别的原因，就是因为我会做爱，居然让我老有所靠。

我第一次和一个女人做，因为青涩和纯真，这个女人居然就有了要照顾我一生的念头。我一定是用全部顶级的爱情做了那几次有关我一生的命运的爱。所以，和谁做爱，怎么做，怎么拔，太重要。

如果这世界真有那些被我信仰的天生尤物，那请你们大家千万别手软，那是老天留给我们自己的收成。

我相信，在每一个男人心中，都有几个属于自己的尤物。每一个女人，又肯定会是至少一个男人心中的尤物。或者用一句流行语套一下，那就是，信尤物，得永生。连吴作家都说，尤物，在我的字典里，其实就是最最美好事物的意思。那是一种由衷地对造物的赞美。

8

秋天里，我们是最美好的动物，请让我们享用完那全部夜晚，再背诵那些经典语录，靠在回故乡的木船的围栏上。革命斗志永放光芒，革命道路无穷尽，革命人生好飒爽。

最后归去，田园将芜，小说将芜。再好的故事都将合上眼。不过，在一个美丽无双的黄昏，就此读完一本书，喝完一杯咖啡，和后人想起我们这个朝代一样突然想起我的宋朝和它的尤物。真的是快乐。

我鱼缸里的倒吊又开始了它们之间的相互攻击。太阳花在窗外向着太阳。我想起了我唱过多遍的歌："我们的队伍向太阳。"

再说一句吧，九十年如一日。

我们的队伍向太阳。

于是，

时间很善良。

时间很诱人。

时间很刺激。

时间很疯狂。

时间曾经强奸过别的时间。

时间杀人不见血。

时间其实也是一个人的经典。

时间也会老去死去。

因为故事就说到这里，基本已经没有了任何悬念。我说过的，你们暂时没明白也不要紧。

没有人反对，我就出门神游去了。死的时候，真是一种痛快。也是一种诗情画意。

2012年快到了，据说这是玛雅人预言的世界末日。不过，还有一个数学家算出，玛雅人的这个灭亡日历其实还得往后推五千年。中华文明，大家不都说是五千年历史。所以，五千年太长了，堂堂宋朝，不过只占了大概三百一十九年。还有民国，和我们的新中国。

有人真的在很慢很慢地关门。

关门的声音，多像清晨时分，太阳爱上月亮，我们爱上异性时候的回音。时间尽情调戏我们的肉体，让我们看完这些肉体再死，里面的生殖器官太阴森也太妖娆。

不过，我们还是需要看看这个世界最美好的尤物在黑暗中的光芒后，才睡才死。这就是为什么，这个小说要代替我，活下去。

向这个世界宣布，所有的真正的尤物也都永远活着。她们的美，代替世界存在于世界的心中。

后记

有人说，世界是一个阁楼。那我就想用文字为这阁楼开一个天窗。来加拿大后，很多房子会开天窗，我以前住过的就有。天窗上会飘过白云，还积满落雪。雨打的声音也格外惊人。

有人说，任何小说和人一样总会死去。很想说说那些永远活在我心里的小说。《百年孤独》肯定是其中一本。二十多年前读到，惊艳至今，以至于年轻的时候的一个梦想就是有生之年能写出中国的《百年孤独》。中国的《红楼梦》也许更伟大，但却没有一本书能像《百年孤独》一样，那么深地刻在我的骨头上。如果，我给这世界还能剩下白骨，我希望《百年孤独》给我人生所有的希望、快乐和阴影都会化成空白，不再折磨我的灵魂。一个作家，一辈子想变成那一本书，应该就是痴心妄想。

西方世界给过我巨大的影响过我的书很多，例如《挪威的森林》、《恶之花》、《生命不能承受之轻》、《铁皮鼓》、《在路上》、《北回归线》、《喧哗与骚动》、《日瓦格医生》、《麦田守望者》、《尤利西斯》、《变形记》、《追忆似水年华》、《二十二条军规》、《洛丽塔》、《昆虫记》、《荒原》、《静静的顿河》，等等。还有，中国的古典文学精品当然也笼罩过我的天空和阁楼。但只有《百年孤独》，能让我这么如此迷恋地想写一本书，比如《宋朝尤物》，向它和它的作者马尔克斯致敬。

在西方生活以后，开始怀念我们东方的美。不是所有的故乡，都适合西方的炊烟，河流和思想。古文明也许真的是一个包袱，但那个包袱里的东西实在美丽。所以我让书中的人怀念宋朝，这个宋朝，其实代表一切失去了永远不会再回头的历史。历史就是这么一个尤物，当我们照镜子的时候，会发现一切美，其实早已刻在我们自己脸上。

对于目前的祖国，像感觉自己内心深处的彼岸一样，觉得越来越陌生，也越来越遥远。所以我总是想，古文明一定让这个曾经朴素和美丽的故乡，给我留一条可以回到源头的暗河。但是，目前，我就是发现不了。这么明显的东西。也许，应该珍惜的东西总是早已被挥霍。

写完《宋朝尤物》，暂时我会停止一段时间。我已经厌倦了和时间和故乡做游戏。我等了很久，原野上的那条交义路口，至今还是空无一人。家乡的蜜桃树，桃花开了又开。没有人知道，我已经把小说放在空瓶子里，让它顺流而下，流向大海。

我的文字的归宿应该是一个宿命。我活在边缘里，也写在边缘里，用边缘的故事折射辽阔和病态的世界。其实这早就不是游戏，是一场生与死的战斗。我用故事的刀捅故事的天空，所有眼泪都是大雨。我总是期望，让自己对月光绝望吧。那些月光属于别的大师。这样，我会过得真的轻松。虽然我自称早已找到把小说当消遣的药方。

快乐应该是无知的。因为我们根本没有理由，对窗外的四季还抱有马尔克斯那般的乐观期望。他的哥伦比亚，其实就是一个无知的国家。但我从他的书里读出过快乐。那种快乐，其实就是主宰痛苦的一个怪医，他的药方，就是五步必倒的毒药。当然，你的身体未必就倒下，但你的内心却早已站不起来。当然，马尔克斯和他的《百年孤独》是一个胜利者，而我则是一个失败者。但我的失败同样壮观，同样美丽。

所以，我还得说说悲哀，这个时代最悲哀的地方，就是那么多人在向欺骗谢恩。不错，很多欺骗可能是善意的，或者说无辜的。但为什么，那么多人瞬间就迷上了欺骗，而漠视真实和朴素。

最后，还是想感谢。感谢那些来看我的，和安排大家能来看我的。老天还是给我留了一条小路，路边早已开满油菜花。顺着小路，我们可以找到能片刻让我们心灵重逢的田园。

故事从来都只是一个开始，就像月光，虽然每天都会来，但有谁，会和我一样，真的看见了完全不同的月光，照在了同一片海洋上。故事或者早已结束，故事是一群被伪造了灵魂的鸟。

没有大难，这些鸟也将飞向四方，把我的声音带给你们。我想你们，在异国他乡的初夏，花园里开满了牡丹芍药，桑树上结满蓝色的桑葚，几百棵百合争先怒放，和小说里的情景一模一样。

虽然，这个地球，没有了任何小说都会转动，但总有一本小说，例如《百年孤独》，总有一本诗歌、例如《恶之花》，它们会把地球变得更舒服。于是，我走在他们走过的老路上，虽然，我只有被画在纸上的马群，但却足够让我在这个险恶的人世，闪电般飞来飞去，摆脱永恒和痛苦。

我怀念所有美好的世界，和所有美好的小说。我也怀念你们，我们流在一条名叫怀念的河流里，去不去大海都不是问题。没有归宿的灵魂也会宁静，没有故乡的家园也能朴素，没有故事的人间也将安详。

结束比开始更快到来。